„Unser Land wird sich ändern, und zwar drastisch. Und ich freue mich darauf!" Sollte man sich da nicht mitfreuen? Doch leider will angesichts der täglichen Neuigkeiten aus der Willkommens- und Asylbewerberszene die rechte Hochstimmung längst nicht mehr aufkommen. Schon Helmut Schmidt schwante Übles: „Diese Einwanderung schafft ein dickes Problem." Und so hätten viele spätestens seit den Kölner „Vorkommnissen" zu der ganzen Sache am liebsten deutlich mehr Abstand als eine Armlänge.

Doch die Geistesblüte Deutschlands kämpft um die Deutungshoheit über das Buntgebiet. Immer bizarrere Züge nimmt der Tanz um den Flüchtling an. Der Spielverderber Safranski ätzt über Intellektuelle und ihren „nationalen Selbsthass, der sich in einen realitätsfremden moralischen Universalismus flüchtet."

Dieser fiebergeschüttelten Zone unter der Fahne der politischer Korrektheit begegnet nun mit steigender Irritation der Deutschlandfan Dlele aus Kamerun.

Die sympathisch-skurrile Figur entstand, als in der Presse von einem afroamerikanischen Professor berichtet wurde, dessen Liebe ein ganzes Forscherleben lang den deutschen Dialekten galt. Von Stunde an begann ein satirischer Schelmenroman zu sprießen.

Ansatzpunkte hierzu bieten die bizarren Nachrichten aus dem deutschen Alltag reichlich. Da liest man verblüfft: Unterbeschäftigte Helfer klagen über zu wenig Schutzsuchende. Neubürger touren mit multiplen Identitäten durchs Land und kassieren ihre Stütze mehrfach. Bischöfe stecken ihre Amtskreuze beim Moscheebesuch in die Hosentasche. Und Gender-Aktivistinnen wollen den Begriff „Vergewaltigungsopfer", weil „zu passiv", durch den Begriff „Erlebende" ersetzen.

Etliche der scheinbar tollen Szenen dieser Satire beruhen auf solchen Meldungen der letzten Jahre, siehe Anhang.

Anderes, das heute noch allzu schräg klingt, deutet an, wohin wir spielend leicht geraten könnten.

März 2017   Johannes Reckholder

Johannes Reckholder

Deutschland – Der Wahn
Dleles Flucht nach Afrika

Eine Satire

© 2017 Johannes Reckholder
Verlag: tredition GmbH, Hamburg

ISBN
Paperback: 978-3-7439-0432-3

Hardcover: 978-3-7439-0433-0

E-Buch: 978-3-7439-0434-7

Printed in Germany

Inhalt

VORWORT

Vor zwölf Jahren gelang meine Flucht aus Deutschland nach Kamerun.

Ich schließe die Augen und blicke zurück auf jenes aufregende Jahr 2015 in einem fernen Lande weit hinter dem Meer. Monatelang erlebte ich damals die seltsamen Sitten dieses Landes, bestand sogar alle Abenteuer mit der Deutschen Bahn und schlug mich durch den gefahrvollen Dschungel von Städten wie Stuttgart, Frankfurt und Berlin. Aber auch an magische Orte zog es mich, vom Hölderlinturm über den Loreleifelsen bis zur Pfaueninsel am Wannsee, mit Picknick und Currywurst.

Ich verhehle es nicht, ich liebe Deutschland seit meiner Kindheit. Ich liebe den exotischen Reiz jener Weltgegend im tiefsten Mitteleuropa.

Damals war das Land zerrissen. Ich bekam es vor allem mit einer Kultgemeinschaft zu tun, die sich einer so genannten „Willkommenskultur" verschrieben hatte, der auch die seinerzeitige Kanzlerin Merkel huldigte. Von manchen Anhängern wurde die Kanzlerin als Mutti oder gar als Prophetin verehrt. Ihr Stamm sah sich damals als Elite. Ihr Wappen war die Raute, Totem war die bunte Regenbogenfahne. Unter ihr sammelten sich gutmütige Idealisten ebenso wie fragwürdige Figuren.

Hier waren starke Nerven gefragt. Denn im Einflussbereich dieses Kults führte mein Weg mich immer wieder aufs Neue in Geisterbahnen, wo bizarre Gestalten mit woodooähnlichen Praktiken nach mir griffen. Die Flucht aus diesen grellbunten Schreckensorten wurde mein Schicksal.

Immer wieder aber hatte ich auch Kontakt mit dem Deutschland, das vom Kult weniger ergriffen war oder die Angelaverehrung gar offen und ketzerisch ablehnte. Auch damals schon muss dies die Mehrheit gewesen sein.

Meine Expedition in diese fremden Welten endete auf spektakuläre Weise. Es gelang mir am Ende, mich glücklich aus allen Gefahren zu befreien und in Kamerun Schutz, Integration und Teilhabe zu erlangen.

Wenn ich später nach Deutschland zurückkehrte, staunte ich. Die anstrengenden Rituale der „Willkommenskultur" hatten sich nach und nach gemildert, der Einfluss dieses Kultes nahm immer mehr ab. Jene wilde Zeit der Ära Merkel wurde allmählich von vielen als Verirrung gesehen.

Jahre vergingen, glückliche Jahre in meiner Heimat, wo ich meine geliebte Frau Sandrine fand und Vater dreier Kinder wurde. Hier arbeite ich in der Außenstelle des Goethe-Instituts von Jaunde, umgeben von meiner kleinen Bibliothek, im Kreise meiner Studenten.

Doch nun gilt es, Rückschau zu halten und das Geschehene dem Sog des Vergessens zu entreißen, um damit alte Geister zu bannen.

Außer meinen Kindern in einer fernen Zeit wird niemand diese Zeilen zu Gesicht bekommen. Hier kann ich in stillem Vergnügen vom bittersüßen Saft der Erinnerung kosten.

Die Sprache kann hier so sein, wie ich sie liebe. Ich schreibe im Schutze von Thomas Mann. Keine Rücksicht auf einen flüchtigen Leser, bar jeden Gespürs für meine geliebte deutschen Sprache! Keine Nachsicht mit einem verständnislosen Lektor, der vielleicht meinen Text mit dem schnöden Ton seiner zeitgeistigen Kommentare antasten könnte!

Ich gestehe es gleich zu Beginn meiner Bekenntnisse: Im Taumel des Erlebens ließ ich mich in jenem tollen Jahr zu manchem Schabernack hinreißen. Neben meinem angeborenen Grübelsinn spukte wohl eine Schalksnatur in mir, die auch heute nicht ganz abgestreift ist.

Und so tauchen sie denn auf, gemalt mit dem goldenen Pinsel der Verklärung, die lieben ebenso wie die verwirrenden Gestalten meiner Abendlandfahrt.

Erstes Abenteuer:
Deutschland ruft

Wenn ich heute zurückblicke, so kommt es mir vor, als habe eine Fee aus dem deutschen Märchenwald über mir dreimal lächelnd den Stab geschwungen und so das Verlangen nach Deutschland in mir geweckt.

Als Calvin Dlele hatte ich 1996 in Limbe das Licht der Welt erblickt. Mein Vater war Chef einer florierenden Importfirma für Gebrauchtwagen, und schon in jungen Jahren waren mir die zentralen Begriffe Mercedes, BMW und Citroen wohlbekannt.
Vater war ein leutseliger Mann, der mehrere Sprachen beherrschte. Er war wie die ganze Familie Muslim, doch gewiss einer von der allerliberalsten Art, was ja auch die Wahl meines Vornamens verrät. Nie ging er in die Moschee. Der Imam schaute zwar böse, doch wir wohnten in einer christlichen Wohngegend. Gott spielte ohnehin nur eine sehr diskrete Rolle in meinem Leben.
Wenn ich vom Vater die schlaksige Figur habe, so von der Mutter die ein wenig traurigen Augen und die, wie Tanten lobten, gewinnenden Züge.
Mit fünf Jahren konnte ich lesen und begann mich unersättlich durch Zeitungen, bunte Illustrierten und Bücher zu fressen.
In der Nachbarschaft verblüffte ich durch die Kunst, in einer eigenen Sprache zu sprechen. Ich drechselte mit wahrer Wonne Satzgebilde, mischte dabei beden-

kenlos unser Duala mit Pidginenglisch, Ewondo, Fulfulbe und Französisch und verschaffte mir so den Ruf eines kleinen Tausendsassas. Dies bewahrte mich vor dem Ruf, ein Eigenbrötler mit leptosomem Rumpf und schlenkernden Armen zu sein. Denn zwar spielte ich Fußball noch leidlich, ließ aber auch da bald wie bei sonstigen Sportarten anderen Gleichaltrigen höflich den Vortritt.

Oft zog ich mich in eine der Wellblechhallen unseres Gebrauchtwagenhandels zurück und rollte mich auf dem Rücksitz einer alten Limousine zusammen.

Einmal lag ich da, es roch nach Schmieröl, billigem Parfüm und Katzenurin, und las. Bald klappte ich neugierig die Rückbank zurück und fand dort als Hinterlassenschaft eines Vorbesitzers im fernen Deutschland eine CD. Ich legte sie ein. Eine Männerstimme sang, ein Klavier spielte. Der Katzenurin verwehte, das Parfüm duftete ambrosianisch.

Später fand ich heraus, dass es Schuberts „Winterreise" war, gesungen von Dietrich Fischer-Dieskau. Bilder und Klänge verhakten sich in meinem Inneren.

Einmal nahm mich mein Vater an einem Abend in einem seiner schnellen Wagen mit zu einer Spritztour über das heiße, feuchte Land. Ich hatte aus einer Laune heraus die CD mitgenommen und bat ihn nun, sie einzulegen. Schweigend hörten wir die ersten Minuten. Dann lachte er laut, schnitt eine Grimasse und drehte die Lautstärke auf. Wir schaukelten über die Landstraße und die „Winterreise" war um uns. Oder war es der Zauberstab? Vater grinste und zwinkerte mir zu. Ich schloss die Augen und hoffte, dass diese Fahrt im Glück nie enden möge.

Mein unruhiges Herz verlangte dann bald nach großen Taten und wilden Abenteuern. Lesend litt ich mit dem gefolterten Steve Biko, verehrte Nelson Mandela und kämpfte mit Thomas Sankara für die Enterbten dieser Erde.

Die Vertreibung aus dem Paradies meiner Kindheit traf mich, als meine Eltern in jenem Verkehrsunfall starben. Vielleicht gelingt es mir einmal, mich der Erinnerung an diesen Tag zu stellen.

Onkel Luc nahm mich auf. Geld hatte ich aus dem Verkauf der Firma genug.

Ich war ab 2008 ein Schüler der Oberschule und bald Klassenprimus. Natürlich wählte ich Deutsch, allein schon wegen der Winterreise.

Die Deutschstunden waren bald Höhepunkte des Schultages, doch ich verbrachte auch einen guten Teil meiner freien Zeit am PC mit zusätzlichen Deutschkursen und der virtuellen Rundreise durch jenes eigenartige Soziotop in der Mitte Europas. Ob Holstentor oder Mauerpark, Lorelei oder Lili Marleen, Barbarossa oder Dieter Bohlen, Jogi Löw oder Nietzsche – nichts war vor mir sicher.

Meine Deutschlandsucht wurde bald durch eine unglaubliche, klischeehaft klingende Geschichte auf eine harte Probe gestellt.

Mein Onkel Luc hatte meine Unfähigkeit im Bereich des Verkaufs längst erkannt: „Du musst Professor werden, zu etwas anderem taugst du nicht!" Dennoch bat er mich, E-Mails nach Deutschland zu übersetzen. Ich sagte zu. Es waren Schreiben mit seltsamen Angeboten: Todkranke Kameruner baten hier um die

Mithilfe bei finanziellen Transaktionen und versprachen eine fürstliche Gewinnbeteiligung.

Spätestens hier wäre jeder Leser im Bilde, ich aber nicht. Ich wollte gute Arbeit leisten, und so formulierte und feilte ich endlos.

Doch dann kam der Tag, an dem ich eine E-Mail aus Nürnberg erhielt. Später wurde klar, dass mein Onkel durch einen falschen Knopfdruck meine Adresse mitgeschickt hatte. In dem Schreiben antwortete eine alte Dame auf den Brief des Todkranken. Mir kamen fast die Tränen. Der Gedanke, dass dort am Ende der Welt ein fühlendes Herz schlug, das bereit war, 10000 € einzusetzen, um das Elend Kameruns zu wenden, traf mich wie ein Blitz.

Hier saß ich, ich konnte nicht anders, ich musste antworten. Ich schrieb ihr also einen einfühlsamen Brief, in dem ich ihr versicherte, dass weder mein Chef noch seine Familie noch ich selbst todkrank sei.

Leider kam genau zu diesem Zeitpunkt Luc zufällig des Weges und beugte sich über meine Schulter. Sein Blick wanderte zwischen dem Bildschirm und meinem Gesicht hin und her. Der Ventilator über mir arbeitete verzweifelt gegen die steigende Wärme in mir an. Ohne ein weiteres Wort zahlte er mir auf der Stelle den noch ausstehenden Lohn aus und verschwand. Auf Umwegen erfuhr ich von seinen harschen Worten: „Das passiert, wenn man einen Vollidioten anstellt, um Vollidioten zu finden." Ich aber war damit vorerst den Abgründen des modernen Geschäftslebens enthoben.

Im Sommer 2013 entließen meine Lehrer mich aus der Schule. Meinen Mentoren hatte ich versprechen müssen, ein Studium in Deutschland anzupeilen. Ich wählte Tübingen. Zunächst allerdings wollte ich meine Grundbildung noch etwas vervollkommnen, schrieb mich an der Universität Jaunde für Germanistik und vergleichende Kulturwissenschaften ein und studierte los.

Es war im Frühsommer 2015, als mich aufs Neue der Zauber anwehte. Ich jobbte in meiner Heimatstadt Limbe im Hotel „Semiramis", lernte in der Freizeit Latein und bereitete mich auf das Studium in Tübingen vor. Javis, zwei Jahre älter als ich, der ebenfalls im „Semiramis" arbeitete, tauchte eines Morgens grinsend in meinem Zimmer auf. Er lotste mich zum Strand und zeigte auf eine kurzhaarige Weiße, die in einiger Entfernung in der prallen Sonne auf dem Bauch lag, den Kopf versteckt unter einem großen Strohhut.

„He Boy, da ist was zu machen oder ich versteh mich auf die Weiber gar nicht mehr."
Ich sah ihn fragend an.
„Und du kommst mal mit. Kannst was lernen."
Dabei stieß er mich lachend vorwärts. Eine halbe Stunde später hatte Javis sich geschickt in Szene gesetzt und die Frau in ein Geplauder verwickelt. Frau Hagedorn war eine Deutschlehrerin Ende 30 aus Köln, die während eines Urlaubsjahr auch Kamerun besuchte.

Als sich mein Blick einmal längere Zeit in der Betrachtung der vor mir liegenden junonischen Erscheinung verlor, weckte er mich rüde aus meinem Tagtraum, indem er lachend eine imaginäre Fliege in meinem Nacken zerklatschte.

Doch dann beging Javis einen entscheidenden Fehler: Er erwähnte meine Deutschkenntnisse.

Frau Hagedorn horchte auf und mich traf ein Blick über ihre Sonnenbrille hinweg. Plötzlich glaubte ich zu träumen, als ich ihre Worte vernahm, deutsch gesprochen:

„Wär ich eine Nixe ich saugte / dich auf den Grund hinab."

Sie trank das Glas aus und zwinkerte mir zu.

„Und wärst du ein Stern ich knallte / dich vom Himmel ab", antwortete ich folgsam und freudig in meinem besten, sozusagen meinem Sonntagsdeutsch.

Es folgte allseits verblüfftes Schweigen.

Ich aber frohlockte innerlich. Nie war der Nutzen einer soliden lyrischen Bildung offenkundiger zu Tage getreten. Erst vor einer Woche hatte ich die Gedichte von Ulla Hahn gelesen. Mehr denn je galt: Man lernt eben doch für das Leben.

Sie schaute mich also an und schwieg. Nachdem sie erneut dem Gin zugesprochen hatte, meinte sie, ich solle in den Sand vor das Kopfende der Liege sitzen und ihr vorlesen. Und so las ich vor, Friedrich Hölderlin, Hyperion, keine Handbreit neben ihrer geschwungenen, gebräunten Schulter, auf der mich zwei Leberfleckchen um die Wette anstrahlten.

Ich las wie um mein Leben. Nach einiger Zeit bemerkte ich, dass Javis bald belustigt feixte, bald mich missmutig beäugte. Dem Höhepunkt unserer Dreierszene trieben wir unaufhaltsam zu, als sie Javis unvermittelt aufforderte, ihr den Rücken mit Sonnenöl einzureiben.

Schnell wurde bei mir der Gedanke, mich auch einmal an der Pflege der uns anvertrauten Touristin zu beteiligen, stärker als die Begeisterung für Hyperion. Auch in Kamerun musste der notwendigen Willkommenskultur für Fremde Tribut gezollt werden. Eine Woge der Bedenkenlosigkeit und des Schabernacks riss mich hin.

„Javis, es dürfte schon 11 sein. Deine Frau hat doch gesagt, du sollst um 11 zuhause sein."

Javis starrte mich entgeistert an.

„Waaas? Welche Frau? Sag, mal, du ... du ..."

Javis' Augen sprühten Blitze. Er war aufgesprungen.

Frau Hagedorn lachte freudlos auf: „Ein Biznesser. Ich wusste es." Und zu Javis meinte sie spöttisch: „Also, junger Mann, an den heimischen Herd! Die Show ist zu Ende."

Und so geschah es, dass ich mich der Ölung von Frau Hagedorns Körper widmen konnte, ohne hinfort von lästiger Konkurrenz gestört zu werden.

Bald plauderten wir über die Gruppe 47, barocke Liebeslyrik und die Traurigkeit der Tropen. Als die Sonne sank, bedeutete sie mir, dass sie auch weiterhin auf meine Dienste als Gesprächspartner und Einöler nicht verzichten wolle und entließ mich für heute.

Ich erfuhr nach und nach einiges von ihr. Sie war eine schöngeistige Dame, die allerdings einen fatalen Hang zu Prosecco und auch höherprozentigen Tröstungen entwickelt hatte. Ihre Eltern hatten um 1968 in rebellischen Studentenkreisen eine gewisse Rolle gespielt und ihre einzige Tochter strikt repressionsfrei und in umfassender, geradezu gnadenloser Toleranz erzogen. Harte Zeiten an einem Gymnasium in Köln-Chorweiler mit einer etwas anstrengenden orientalischen Klientel lagen hinter ihr. Als dann nach einem lautstarken Gespräch mit einem Vater samt Familienanhang sämtliche Reifen an ihrem Wagen zerstochen wurden, hatte sie Zuflucht in einem Urlaubsjahr gesucht.

Nach drei Tagen öffnete sie mir in ihrem Bungalow zwei Koffer und ich staunte: Hier waren dutzende Dünndruckausgaben deutscher Dichter verstaut. Meine Mentorin hatte sich mit einem geistigen Schatz für ihre Auszeit gewappnet. Sie lud mich ein, jederzeit auf eigene Faust auf Entdeckungsreise im Reiche ihrer Koffer zu gehen.

Auf die einsame Lektüre folgte der Austausch der literarischen Eindrücke. Frau Hagedorn blühte geradezu auf. Voll Hingabe konnte sie an einem warmen Tropenabend, die stets glimmende Zigarette vergessend, die Sesenheimer Gedichte rezitieren oder Thomas Manns Satiren zum Leben erwecken.

Doch bis zuletzt blieb eine respektvolle Distanz.

Dann kam der Tag, als sie mir Einblick in einen blauen Umschlag gewährte. Sie schrieb nämlich seit fünf Jahren an einer Arbeit über das Thema „Waldeinsamkeit und Exotik in der deutschen Literatur", einer der Gründe, weswegen sie ihre zentnerschwere Bibliothek mitgeschleppt hatte.

Sie drückte mir den Umschlag in die Hand und wandte sich ab. Ich fühlte mich wie ein Novize, der zum ersten Mal ins Allerheiligste vorgelassen wird und täppisch nach dem Tabernakel greift.

Das Ende kam plötzlich. Frau Hagedorn war allein am Strand und kam nicht wieder. Ich alarmierte die Polizei. Man suchte die Küste ab. Nachts brach ich zusammen.

Neununddreißig Jahre alt war die Vermisste, neununddreißig Tage lang suchte ich am schwarzen Sandstrand, fuhr mit einem Boot das Ufer ab und hielt Wache. Aber sie kam nicht mehr. War es ein Unfall? Der Alkohol? Suizid? Oder Mord?

Ich bekenne mich schuldig: Schon am dritten Tag hatte ich die beiden Koffer in meine Unterkunft getragen. Es war wie ein Zwang. Ich wusste, dass Frau Hagedorn ohne Anhang, ohne Familie lebte. Auch den blauen Umschlag behielt ich.

Mehr denn je fühlte ich den Ruf der Fee, den Ruf Tübingens.

Zweites Abenteuer:
Unter Engeln

Der Abschied von Onkel Luc war kurz und ernst. Ich kündigte einen Besuch Limbes in einem halben Jahr an.

Dem Flug nach Paris konnte ich nun wahrlich nichts abgewinnen, schob er doch die entscheidende Stunde endlos hinaus.

Ich stieg um auf den Flieger nach Stuttgart. Mein lang gehegter Plan war, in Tübingen, dem Herzen des literarischen Schwabens, eine entspannte Rundtour zu starten, um meinen ersten Deutschlandhunger zu stillen. Ich wollte zunächst ohne Zeitdruck an den Orten meiner Sehnsucht verweilen und meinen Träumen nachhängen, bis dann die Zeit des asketischen Schaffens und der Disziplin folgen und ich mich dem strengen Dienst der Alma Mater widmen würde. Pekuniäre Rücksichten waren kaum zu nehmen, denn die Zahlungen aus dem Erbe flossen zwar nicht üppig, doch auskömmlich und stetig.

Ich stieg die Gangway hinab und atmete die kühle, die ersehnte Luft meiner neuen Heimat. Bis zur Fahrt des Zuges nach Tübingen hatte ich noch Zeit, und so fuhr ich zum Hauptbahnhof und machte einen Bummel durch die Königsstraße. Welch ein Rausch von Formen, Farben und Klängen! Ich glaubte, vielleicht trogen mich meine Sinne hierbei ein wenig, gerade hier die Atmosphäre der Dichter und Denker zu spüren. Hier war Mörike traumverloren spaziert, hier hatte das große Herz Hölderlins pulsiert, hier hatte Hegel vom Weltgeist gekündet.

Ich musste auch von den besonderen kulinarischen Genüssen Süddeutschlands kosten und trat beschwingt an eine der heimeligen Brezel-Verkaufsstände heran. Auch hier folgte wieder einer jener so prägnanten Wortwechsel, der eine ganze Welt zu offenbaren vermag. Ich verzichtete vorerst auf jeden elaborierten Schnörkel und versuchte mich in der Kunst der klassisch-schlichten Diktion.

„Ich hätte gerne eine Brezel", intonierte ich.

„Mit odr ohne?", kam es erstaunlich gelangweilt und beiläufig.

„Wie bitte?"

„Mit odr ohne?"

„Mit oder ohne?"

„Ja, hallo, da steht's."

Ich stutzte, las und kaufte: erst einmal ohne Butter, die reine Form, sozusagen.

Im Weggehen winkte ich mit der Brezel der älteren Verkäuferin, die mir kopfschüttelnd nachsah, freundlich zu und labte mich dann an dem Gebäck.

Die Brezel kombiniert Weiches und Knuspriges, Salziges und Laugiges auf originelle, ungeahnt verschlungene Weise. Wer eine solche Speise erfindet, muss, das wurde mir sofort klar, genauso experimentierfreudig wie witzig sein. Schon hier auf der Stuttgarter Königsstraße wurde für mich die alte angelsächsische Rede von der Humorlosigkeit der Deutschen als Vorurteil von Ignoranten widerlegt.

Ich schlenderte über den Schlossplatz und trat bald

auf dem Schillerplatz dem Denkmal des schwäbischen Feuerkopfs unter die leidenschaftlichen Augen. Während ich den Rest der Brezel verzehrte, gaukelten Szenen aus „Kabale und Liebe", aus Ferdinands und Luises Liebesaffäre vor meinem inneren Auge.

Als ich auf die Uhr schaute, war es plötzlich schon viel später als erwartet. Der Zug nach Tübingen! Überstürzt trat ich den Rückweg zum Hauptbahnhof an und zerrte dort meinen Koffer aus dem Schließfach. Außer Atem eilte ich zum Bahnsteig.

Da stand der Zug und die Türen schlossen sich soeben. Es war eine kopflose Aktion, und ich gestehe, dass ich auf die Tür geradezu zustürmte. Leider hatte ich den älteren Herrn nicht einberechnet, der mir dabei im Wege stand. Ich rempelte ihn so heftig an, dass ich zu Boden stürzte, und auch er wäre fast gefallen. Ich schlug mir an der Kante einer Bank den Kiefer an, es schmerzte höllisch.

„Ja, hallo, verrückt worde?! Du Arsch!"

Der vermeintliche Herr entpuppte sich somit als bloßer Mann. Mit bösem Blick fixierte er mich. Zuerst saß ich noch benommen und erschrocken am Boden und tastete nach meinem Unterkiefer. Er war noch dran. Dann rappelte ich mich aber hoch, nun endlich ernüchtert. Bevor ich mich entschuldigen konnte, nahm die Angelegenheit allerdings eine verblüffende Wendung.

Eine untersetzte Frau mittleren Alters mit kurzen, schwarzen Haaren schob sich zwischen den Herrn und mich und baute sich vor dem Angerempelten auf.

„Stopp! So nicht! Lasset Se den junge Mann in Ruhe! Für Rassismus keinen Fußbreit!"

Zornig funkelte sie den Mann an, der sprachlos einen

Schritt zurücktrat. Sie näherte sich ihm bedrohlich: „Unsere Stadt ist bunt!" Der Mann schaute von der Frau zu mir und zurück.

„Merket Se sich des!" Energisch fuchtelte sie mit dem erhobenen Zeigefinger vor dem Gesicht des Gemaßregelten herum.

„Come with me!" Resolut griff die Dame nach meinem Arm.

„Stop! Your suitcase!" Ich merkte schon hier und jetzt: Sie hatte alles im Blick. „My name is Claudia. Welcome in Stuttgart!"

„Calvin ... Calvin Dlele" - mehr als fast unverständliche Laute bekam ich nicht zwischen den Zähnen hervor.

„Just arrived in Germany?" Ich nickte, und Claudia seufzte tief auf. Noch einmal musterte sie voll Verachtung und kopfschüttelnd meinen besiegten Kontrahenten und führte mich dann vom Ort des Geschehens hinweg.

Im Wartesaal musste ich mich hinsetzen und Claudia betastete den schmerzenden Kiefer, den ich inzwischen kaum mehr öffnen konnte.

„Des krieget mer hin!"

Aufmunternd tätschelte sie mir auf den Unterarm. Ihre hellen Augen blickten nicht unfreundlich.

So begann eine folgenreiche und nicht unkomplizierte Episode meiner Deutschlandfahrt, die Beziehung zu Claudia Pöring, dem schwäbischen Engel aller Schutzsuchenden.

Vorerst allerdings sah ich mich den geschäftigen Handgriffen Claudias ausgesetzt. Sie wühlte in ihrer großen Tasche, auf der ein regenbogenfarbenes Logo prangte mit der Aufschrift „Welcome Angel", darunter schwarze, weiße, braune und gelbe Hände, die sich innig verschränkten.

„Please, one moment!" Claudia wickelte plötzlich in Windeseile eine Binde um meinen Kiefer und führte das weiße Band auch geschickt nach oben, so dass ich nicht mehr nur wegen der Kieferschmerzen, sondern auch wegen der stramm angezogenen Binde den Unterkiefer nicht mehr bewegen konnte. Die Situation hatte etwas Groteskes, und ich war nicht ganz überzeugt, dass diese Behandlung die richtige war. Doch ich sah die Begeisterung dieser Frau und spürte den geradezu überströmenden guten Willen in allen ihren Bewegungen. Wie hätte ich mich hier schnöde verweigern und die emsige Hilfsbereitschaft Claudias undankbar abblocken und ins Leere laufen lassen sollen? Und so nickte ich ihr freundlich zu, was Claudia mit einem strahlenden Lächeln beantwortete. Sie erklärte mir, dass wir auf schnellstem Weg zu ihrer Wohnung gelangen müssten, wo weitere Hilfe möglich sei.

Sie ergriff ihre Tasche und schob mich nun auf einen Fahrstuhl zu. Leider waren wir nicht die Einzigen, die mit wollten, und nicht einmal Claudias resolutes Vordrängeln schien zu helfen. Ein älterer Mann mit Glatze schaffte es gerade noch vor mir hinein, und dann war der Aufzug voll. Doch Claudia schob mich von hinten: „Lasset Se doch den junge Mann nei!" Der Glatzkopf sagte halblaut und zur Kabinendecke: „Hier ist voll!" Das hätte er nicht tun sollen, denn nun offenbarte Claudia urplötzlich wieder ihre Kämpfernatur.

„Voll? Ja, ja, des Boot isch voll! Sehe Se nicht, dass des ein Notfall ist? Der Mann kommt aus Afrika und

Sie sage, hier isch voll!" Der ältere Herr zeigte Wirkung und drückte sich stumm noch tiefer in die Menschenmenge. Wir waren drin und der Aufzug setzte sich in Bewegung. Ich verging fast vor Verlegenheit. Schnell wurde mir das Atmen schwer.

„That's the way in Stuttgart", wandte sich Claudia an mich, ganz nah an meinem Ohr, aber doch für alle vernehmbar. „No, welcome culture ... a lot of rassists", seufzte sie und zog mir den Verband zurecht, der im Gedränge etwas gelitten hatte.

War es der Sturz, war es die Enge in der Kabine oder waren es die ungewöhnlichen Praktiken meiner Retterin – plötzlich wurde mir schwindelig, und eine große Schwäche bemächtigte sich meiner. Als der Lift anhielt, musste Claudia mich stützen, doch mit eisernem Griff schaffte sie es, mich in ein Taxi zu lotsen. Von der Fahrt bekam ich nicht viel mit.

Irgendwann fand ich mich auf einem roten Sofa in einem gemütlichen Wohnzimmer wieder, flankiert von dicken Kissen und eingehüllt in eine flauschige Decke. An der Wand erblickte ich voll Schreck ein „Helft-Afrika"-Plakat mit schwarzem Kind, unwiderstehlich traurigen Kulleraugen und, natürlich, Händen in allen Farben, die sich vereinigten. Im Sessel drängten sich etwa ein Dutzend niedliche Puppen und Teddybären verschiedener Größen. Auf dem Couchtisch lag der „Waschbär"-Katalog und im Hintergrund trommelte und fauchte es vom CD-Spieler. Claudias rundliches Gesicht schwebte ganz nah über mir: „Music for you, ‚Mystic Wild Animals, Journey through the Jungle." Sie legte ihre kleine, feste Hand auf meine Stirn: „Now you can feel safe."

Ihr nicht ganz stilsicherer Ohrschmuck strahlte in den Farben Südafrikas.

Sie fütterte mich mit einem großartigen Grießbrei, den sie mir löffelweise in den spaltbreit offenen Mund schob und ließ nicht locker, bis ich per Röhrchen eine dicke, fruchtartige Pampe aufgesogen hatte, die sie in der Küche mit einer laut brummenden Maschine bereitet hatte. Dann fielen mir die Augen zu.

Ich erwachte, sanft geweckt von Frau Pöring. Sie saß neben dem Bett, in dem ich lag, und hielt meine Hand. Noch ganz benommen nahm ich langsam wahr, dass um uns herum weitere Menschen saßen, die mich freundlich betrachteten, und dass ich fast quer in dem zerwühlten Bett lag. Langsam schritt ich in der geistigen Durchdringung dieser seltsamen Situation voran. Was war nur geschehen?

Allmählich kam die Erinnerung wieder an die turbulenten Geschehnisse auf dem Bahnhof und danach. Ich tastete nach meinem Kiefer, der immer noch schmerzte, und fühlte den Verband.

„It is fresh, never mind!"

Claudia zog mir auch das verrutschte T-Shirt wieder über meine Brust herunter und schob meine nackten Beine wieder unter die Decke.

„Aber, wie kam denn das alles?", hörte ich jemanden flüsternd fragen.

„Ja, so ein Jammer. Calvin betreue ich schon seit ... einer Woche. Hat Schlimmes hinter sich", seufzte Claudia, zur Zimmerdecke blickend.

Trotz meiner Benommenheit merkte ich auf. Ich musste mich wohl verhört haben. Die ältere Frau neben Claudia meinte: „Lass mich raten. Abgewiesen beim Krankenhaus. Keine Angehörigen, keine Bekannten in Stuttgart."

Claudia wiegte den Kopf vielsagend. Dies war der Augenblick, in dem ich hätte eingreifen müssen. Und ich versuchte es auch: „Nein, ich, ich studiere ..." Doch weiter kam ich nicht. Meine Gastgeberin legte mir schnell ihr festes Händchen auf den Mund: „Ach, du sprichst deutsch?" Ich nickte eifrig.

Claudia sah mich mit großen Augen an.

„Wir müssen ... dich schonen, das Sprechen strengt dich an, nicht?"

Wieder nickte ich, doch diesmal ergeben, denn langsam stieg in mir die Gewissheit auf, dass in meiner Lage Reden zwar Silber, Schweigen aber Gold sei. Warum sollte ich diesem lieben Menschen und seinen Freunden um mich herum, die mich aufgenommen hatten, Kummer bereiten? Warum sollte ich anfangen zu erklären, zu korrigieren oder gar bloßzustellen? Wer konnte von mir erwarten, diese harmonische Stimmung in dieser so heimeligen Stuttgarter Wohnung mit schrillen Missklängen zu trüben, gar zu vernichten? Außerdem begann mein Kiefer gerade jetzt nachhaltig und bohrend zu schmerzen, und so ließ ich den Kopf sinken und beschloss, alles weitere, was von Claudia kam, mit Gleichmut und Gelassenheit anzunehmen.

Es wurde ein nettes Zusammensein. Ich war der Mittelpunkt des Geschehens, doch ich schwieg, ganz so, wie Claudia es offenbar für angezeigt hielt. Gelegentlich nickte ich einem der Anwesenden freundlich zu, und langsam breitete sich das Gefühl einer durchdringenden Heiterkeit in mir aus. Welcher Neuankömmling in diesem Land wurde wie ich auf Händen getragen? Wer konnte so unverhofft und ohne eigenes Zutun im warmen Gefühl baden, willkommen geheißen und umsorgt zu sein? Gelegenheiten, die sich so freigebig boten, durften nicht verschmäht werden, so welterfahren war ich inzwischen, und so nickte ich bei allem, was ich hörte, entspannt und wohlwollend.

Es war interessant genug, was sich im Gespräch der freundlichen Runde enthüllte. Ich war in einen Kreis von „Welcome Angels" geraten, die offenbar seit Jahren ihrem Dienst an Zuwanderern und Asylbewerbern oblagen. Diese Stuttgarter informierten, halfen, berieten und förderten, wie und wo sie konnten. Stets waren sie auf der Fährte von Gemobbten, Geschmähten und Diskriminierten, allerdings ausschließlich nichtdeutscher Herkunft. Es war, als ob sie sich entschieden hätten, dass nach Hitler alle, radikal alle Fremden zu lieben seien, um sich und der Welt ein für allemal ihre eigene Sündenlosigkeit zu beweisen.
Ihre Schlagkraft war beeindruckend. Was ich im Krankenbett in Umrissen mitbekam, lernte ich in den kommenden Tagen genauer kennen.
Da war die ältere Dame mit der elegant geschwungenen Brille an der Seite Claudias, die von ihren Streifzügen durch Bad Cannstatt und Feuerbach berichtete, auf denen sie ausländerfeindliche Graffiti und Aufkleber aufspürte und mit beachtlichem handwerklichen Geschick übermalte oder wegkratzte. Die Utensilien für ihren kämpferischen Einsatz trug sie in ihrer „WA"-Tasche stets mit sich. Ob auf dem Weg zum Arzt oder auf dem Heimweg von der Nagelpflege: Keine einschlägige Verunzierung des öffentlichen Raumes entging ihr.

Auch über die Hartnäckigkeit einer zweiten, stark blondierten Dame staunte ich. Sie hatte das Programm „Jogakurse für Migranten" ins Leben gerufen und erzählte ganz lebendig von ihren Erfahrungen bei diesem interessanten Vorstoß. Als begeisterte Jogaanhängerin war sie, das spürte ich sofort, prädestiniert, ihre Leidenschaft an materiell und geistig Bedürftige weiterzugeben, doch leider türmten sich die Schwierigkeiten und Missverständnisse.

Sie musste zur Kenntnis nehmen, dass bei ihren Werbemaßnahmen im Asylheim Zuffenhausen der Zuspruch zunächst sehr bescheiden war. Keine Frage: Gerade Menschen in dieser Lebenslage brauchen Entspannung, Gelassenheit, Versenkung und spirituellen Aufschwung. Anfangs waren ja auch fünf junge Männer ihrer Einladung gefolgt und hatten bei Kaffee und Kuchen ihre Basecaps abgelegt und ihrem Vortrag gelauscht. Als es dann jedoch um die Eintragung in die Listen ging, bröckelte der Zuspruch doch ein wenig. Zwei junge Männer hatten ihr verlegen gestanden, dass ihr Imam wahrscheinlich gewisse Einwände hätte. Ein anderer erschrak, als er hörte, dass die Dame selbst die Übungen leiten wollte, und das unverschleiert. Und die zwei übrigen hatten nach ersten Stunde sich dann doch lieber für den Kick urs bei „Süpür Türkspor Fatih" entschieden.

Die Dame hatte für all das volles Verständnis, wa aber mitnichten zur Aufgabe ihres ehrgeizigen Vorl bens brachte. Staunend vernahm ich, wo für sie di Schuld lag: bei ihr selbst. Zerknirscht gestand sie, dass ihre Anstrengungen einfach noch nicht ausgereicht hatten, dass die Willkommenssignale noch zu schwach gewesen waren, und so plante sie bereits mit verdoppeltem Einsatz einen neuen Anlauf.

Verblüffend war auch das Projekt „Vorfahrt für Vielfalt", offenbar ein Herzensanliegen des umtriebigen Schwaben Uli, eines evangelischen Gemeindehelfers. Er ging das ganze Multikulti-Anliegen langfristig und strategisch an.

„Woisch, do nutzet koine Pfläschterle. Mir brauchet mehr Kender aus bunte Familie. Die send die Träger von unsere Zukunftsgesellschaft. Mir brauchet eine massive Förderung von binationale Ehe. Und drom hab ich eine spezielle Agentur gründet für transethnische Partnerschaft!"

Er merkte, dass ich nicht gleich begeistert war und setzte kühn nach: „S'nägschte uf de Agenda isch die überfällige Forderung nach doppeltem Kendergeld für bunte Kender. En kloine Ausgleich für den ganze Rassismus do draußе."

Mit Verve und großem Ernst wurde diskutiert. Die Zeit schritt voran, und dann verabschiedeten sich nach und nach die Besucher. Ich erkannte, dass nun die Zeit gekommen war, etwas aktiver ins Geschehen einzugreifen. Claudia wechselte den Verband, und ich bat sie inständig, meinen Unterkiefer ein wenig lockerer zu binden. Mit zweifelndem Blick ließ sie sich auf dieses Ansinnen ein. Damit waren die Voraussetzungen für eine etwas ungezwungenere Kommunikation eröffnet.

Ich lernte in der kommenden Stunde Claudia als eine im Grunde liebenswürdige Frau kennen, die aus einer tief empfundenen Verpflichtung heraus ihren Dienst an den Neubürgern versah. Sie lebte unverheiratet und recht bedürfnislos von einer Teilzeitstelle in der Volkshochschule, leider von regelmäßig wiederkehrenden Migräneattacken geplagt. Gewiss war sie auch liebebedürftig, ja ausgehungert. In ihr steckte eine patente Schwäbin genauso wie eine idealistisch entflammte Weltbürgerin kommender Zeitalter.

Sie war natürlich klug genug, um bald zu erkennen, dass ich nicht ganz in die Schar der armen Opfer passte, für die sie sich sonst einsetzte.

Als ich ihr vorsichtig meine Begeisterung für die deutsche Kultur offenbarte, sah sie mich längere Zeit und unverwandt an.

„Jetzt hast du mich aber wirklich ... klar ... so gesehen ... aber ..."

Ich fühlte, wie meine Enthüllungen ihre festgefügten Überzeugungen ins Wanken brachten. Doch Claudia schien meinen Fall als eine besondere Herausforderung zu begreifen.

„Klar, Hesse und Daniel Kehlmann. Aber was haben die mit dem Land da draußen zu tun? Du kennst Deutschland nicht. Ich fürchte, dass du schockiert bist, wenn du es so kennenlernst, wie es nun mal ist, glaub mir. Manchmal schäme ich mich, dass ich hier geboren bin, schäme mich so tief drinnen. Und dann muss ich etwas tun ..."

So redete Claudia, und sie redete nach zehn Minuten immer noch so, und mich beschlich die Angst, dass sie auch in weiteren zehn Minuten oder zehn Stunden noch so reden würde. Was sollte ich tun? Ich versuchte alles. Ich begann von Bert Brechts „Kinderhymne" zu sprechen, lenkte sie ab auf das Thema „deutscher Wald", äußerte meine Vorfreude auf die ersten selbstgemachten Spätzle und ließ wie beiläufig einfließen, dass ich ein großer Fan der neuen deutschen Populärmusik sei.

Alles prallte an Claudia ab, alles war vergebens. „Klar, Spätzle, Cro und Rosenstolz. Aber die Rassisten überall. Die lernen das nie. Ich schäme mich so ..."

Claudia drückte mir eine Ausarbeitung eines ihrer Bekannten, des Geschichtslehrers Hägele vom Herder-Gymnasium in die Hand: „Lies das mal bei Gelegenheit, dann verstehst du besser, was ich meine."

Ich rücke hier den bemerkenswerten Text unverändert ein:

2000 Jahre rechte Hetze: Der deutsche Virus

Mehr denn je ist angesichts des drohenden Vierten Reiches eine schonungslose Aufdeckung rechter Hetze nötig.

Es müssen dabei aber auch Personen und Vorgänge ins Visier genommen werden, die bisher weithin als immun gegen den rechten Bazillus galten – ein schwerer Irrtum! Denn die deutsche Kultur ist seit 2000 Jahren tief und untilgbar durchseucht.

Die Urkatastrophe: Romophobie als Mutter aller Phobien
Schon bei Hermann dem Cherusker, dem germanischen Sieger über die römischen Legionen im Teutoburger Wald, beginnt die Schuld. Statt sein Land tolerant und multikulturell den römischen Zuwanderern zu öffnen, versteigt er sich zu Ausländerfeindlichkeit und Romophobie, einer frühen Form der Islamophobie. Er schreckt nicht einmal vor Hassdelikten bis hin zur offenen Gewalt auf Straßen und in Wäldern zurück.

Missbrauchte Reisefreiheit
Walther von der Vogelweide, Autor und Straßensän-
ger um 1200, fällt unangenehm auf. Er nutzt zwar un-
geniert die offenen Grenzen Europas, um sich dann
aber in seinem Gedicht „Tiutschiu zuht gât vor in al-
len" rechter Propaganda hinzugeben: „Alles Erstre-
benswerte, wer das suchen will, der soll in unser
Land kommen, da ist Freude viel. Lange möge ich
dort leben!"

Literaturszene unterwandert
Von Ulrich von Hutten über Luther und Herder zieht
sich die grauenvolle Spur von Menschen, welche, die
Feder sträubt sich, ihr Land „lieben" und
„schätzen". Krasse Ausgrenzung und Abschottung
selbst bei Goethe: „Wer sich den Gesetzen nicht beu-
gen will, muss die Gegend verlassen, in denen diese
Gesetze gelten." Kein Wort von Willkommenskultur.

Auch die Linke versagt
Besonders peinlich empfindet man naturgemäß die
Entgleisungen der deutschen Linken.
Schon Friedrich Engels enttäuscht auf der ganzen Li-
nie: „Die eigene Nationalität zu vergessen, ist kein
Internationalismus, sondern dient nur dem Zweck,
die Fremdherrschaft zu verewigen."
Nicht einmal auf den ansonsten so unerbittlich ätzen-
den Kurt Tucholsky ist Verlass. Er versteigt sich im
Jahre 1929 zu einer wahren Gefühlsorgie von anti-
modernem Heimatkult: „Nun wollen wir auch einmal
ja sagen. Ja zu dem Land, in dem wir geboren sind
und dessen Sprache wir sprechen. Warum nicht eins

von den andern Ländern? Es gibt so schöne. Ja, aber unser Herz spricht dort nicht. Ja, wir lieben dieses Land."

Rechte Hetze von angeblichen Widerstandskämpfern
Eines der empörendsten Beispiele ist freilich Ernst Thälmann, der KPD-Chef der Weimarer Zeit: „Mein Volk, dem ich angehöre und das ich liebe, ist das deutsche Volk, und meine Nation, die ich mit großem Stolz verehre, ist die deutsche Nation." Gerade Sympathisanten der heutigen Antifa stehen hier vor einem unlösbaren Rätsel.
Beschämend sind auch die Bekenntnisse vieler anderer so genannter Widerstandsgruppen gegen das NS-Regime. Hier waren Kräfte am Werk, die den Sinn wirklicher Antifa-Arbeit nicht verstanden hatten. Wie anders wären solche Sätze der Weißen Rose zu erklären: „Die Liebe zu Deutschland wächst von Tag zu Tag." Und die Stauffenberg-Leute bekennen ganz unverblümt: „Wir bekennen uns im Geist und in der Tat zu den großen Überlieferungen unseres Volkes."

Exilautoren – unheilbar
Ein Ausfall für den antideutschen Kampf sind die meisten der Exilautoren, die aus Nazideutschland flohen. Statt ein befreites Leben als Globalbürger zu führen, hängen sie verblüffenderweise an diesem Land und verlieren sich oft in kitschigen Bildern der Erinnerung. Selbst Bert Brecht erklärt in der „Kinderhymne" rundheraus, man solle Deutschland „lieben und beschirmen".

Nach der Lektüre dieses Textes machte ich mich auf

ungeahnte Erlebnisse gefasst.

Zunächst aber lebte ich in der Obhut Claudias. Um Claudias selbstquälerische Herzensergießungen zu dämmen, legte ich einmal meine Hand beruhigend ganz leicht auf ihre kleine Hand und hoffte so, unser Gespräch über das angeblich so missratene und bis in die Gene hinein belastete Land, in das ich gekommen war, elegant und nachhaltig zu beenden.
Doch wie sollte ich mich täuschen!
Meine Hand schien eine ungeahnte Wirkung auf Claudia zu haben. Sie schreckte hoch und ein flackernder Blick aus ihren hellen Augen traf mich. „Calvin ..."
Ich erfasste blitzartig die hochgefährliche Lage. Geistesgegenwärtig griff ich zum Kiefer: „Claudia, das sticht wieder, kaum zum Aushalten."
Das erlösende Wort war damit gesprochen, Claudias Erregung war abgelenkt auf eine unverfängliche Ebene. Und nach erneuter Bandage ging der Abend ganz alltäglich zu Ende.

Aber das Schicksal war so leicht nicht zu überspielen. Wenn der Blick einmal so geflackert hat, pausiert das Seelendrama, doch es hat seine Erfüllung noch nicht gefunden. Den ganzen folgenden Samstag über schwankte Claudia, ganz gegen ihre sonst so zupackende, realistische Art, zwischen aufgeregten Aktionen und Rückzug in ein lastendes Schweigen.
Glücklicherweise kam Albert, ein „Welcome Angel" mittleren Alters, zu Besuch, um mit Claudia vereinsinterne Angelegenheiten zu regeln. Die beiden zogen mich gewissermaßen als Experten und Vertre-

ter ihrer Zielgruppe nach und nach ins Gespräch. Wie staunte ich erneut, als sich mir allmählich das Bild eines weit verzweigten Stuttgarter Netzwerks von Hilfs- und Solidaritätsorganisationen enthüllte, die mit, neben und über den „Engeln" sich einbrachten. Alberts große Idee war nun, die Zusammenarbeit weiter voranzutreiben und vor allem die Kontakte zum Integrationsministerium und zu Hochschulen auszubauen.

„Sehr gut läuft ja seit Jahren der interreligiöse Aktionskreis ‚Hope and Future'. Auch ‚RespectBattle' ist bei Aktionen immer voll da, mehr noch als die Afrika-Brücke, die in letzter Zeit etwas schwächelt."
Claudia seufzte: „Seit Elvira nicht mehr dabei ist, du hast recht."

„Mein Ansatz: Die ganzen Gruppen müssen quervernetzt werden. Da gibt's doch neuerdings in Tübingen bei den Theologen den ‚Forschungsverbund für allgemeinhumane spirituelle Deeskalationsleitbilder'. Da müsste man sich anhängen. Oder an das Reutlinger ‚Kompetenzcluster für angewandte Kommunikation von Evaluationsstrategien'.

Wir unsererseits können denen zweierlei anbieten: so etwas wie ein ‚Koordinationsteam für kultursensibles Gewaltmanagement'. Da könnte ich mir Thomas vorstellen. Und du könntest z. B. ein, nennen wir es mal ‚dialogorientiertes Wellnessprogramm für höhergradig deviante mobile Migrationsminderheiten' anstoßen, dass dann vom Kompetenzcluster gecoucht wird. Oder die vom Forschungsverbund schicken uns Doktoranden, die da was draus machen. Das ganze muss endlich professionalisiert werden. Wir sind doch keine Kindergartentanten, die nur Händchen halten."

Claudia nickte: „Die Richtung stimmt. Und Calvin könnte hier auch eine Rolle übernehmen."

Dieser Wirbel von Namen und Worten hatte längst mein Interesse geweckt. Allerdings rührte sich auch an dieser völlig unpassenden Stelle mein kleiner innerer Schalk, dieser Treulose, und ich fügte, ohne mit der Wimper zu zucken, hinzu: „Vielleicht könnten wir eine Implementations-Taskforce für kultur- und genderübergreifendes Teamteaching gründen."

Die beiden schauten mich längere Zeit sprachlos an.

„Einwandfrei", erklärte Albert dann trocken.

Claudia warf mir einen fast schelmischen Blick zu.

Nun aber musste sie nach dem Kaffee schauen.

DRITTES ABENTEUER:
LIEBE, LUST UND LEID

Eine Woche verstrich und meinem Kiefer ging es allmählich besser. Meine Gastgeberin lehnte es energisch ab, mich ziehen zu lassen. Ich lernte das ange-
nehme Leben bei ihr zu schätzen und spürte, wie diese außergewöhnliche Frau es genoss, mich zu umsor-
gen. Doch das Verhängnis über uns sammelte sich allmählich in dunklen Wolken.

Claudias unterdrückte Seufzer machten mir zunehmend zu schaffen. Meine Anziehungskraft auf sie
schien ins Unermessliche zu wachsen. Immer wieder
ertappte ich sie, wenn ihr Blick der Linie meines Ar-
mes folgte, den Bizeps umrundete und sich an meinem abstehenden Ohr festsaugte.

Ich philosophierte, natürlich ganz allgemein, von den
Freuden einer platonischen Beziehung, doch meine
Gastgeberin rückte selbst bei diesem Thema auf dem
Sofa näher und ergriff meine unvorsichtig herabhän-
gende Hand. Zwar entzog ich sie ihr geschickt und
bat, um sie abzulenken, um einen erquickenden Grün-
tee. Während Claudia in der Küche verschwand, ertappte ich mich, wie ich mit Befremden und einem
leisen Misstrauen meine Hand betrachtete, vielleicht
zum ersten Mal in meinem Leben. Da hing sie herab,
eine zugegeben schlanke, ebenmäßige und kaffee-
braune Hand.

Bei anderer Gelegenheit erzählte ihr ihr eindringlich,
wenn auch mit schlechtem Gewissen, von einer Ver-

lobten in Kamerun, die auf mich warte. Sie hörte aufmerksam zu und forschte wortlos in meinem Gesicht. Dann drehte sie sich kurz von mir ab und als sie mich erneut ansah, glänzten ihre Augen unverändert im alten Feuer.

Ich lenkte, versteckt in Plaudereien über neue Literatur, das Gespräch auf peinliche Probleme ansteckender Krankheiten, doch selbst dieser Schrecken bot keinen Schutz. Ich spürte, wie die Gefahr wuchs.

Alles war zu spät, als ich an einem Samstag zu viel von Claudias Eierlikör trank, den sie mir dreimal nachschenkte, während ein gefühlvoller Film im Fernsehen lief. Ich unterschätzte die Kraft dieses scheinbar kindlich-gelben Saftes. Ich spürte Claudias Wärme an meiner Seite, ihren verzweifelten Griff nach Liebe und Nähe. Mir schwanden fast die Sinne.

Und so wurde das Stuttgarter Wohnzimmer mit all seinen harmlosen Ikea-Möbeln zum Schauplatz einer banalen Tragödie. In meinem Kopf brummte und läutete es ganz fatal.

Als ich kurz darauf einen klaren Augenblick erwischte, entwand ich mich den Umarmungen meiner Wohltäterin, musste allerdings erschauernd feststellen, dass ich in einem Knäuel von Kissen, Puppen und Teddybären auf dem Teppich lag. Ich hatte keine Ahnung, wie viel Zeit verstrichen war. Der Höhepunkt nahte, als ich Claudia auf allen Vieren auf mich zukrabbeln sah, schief lächelnd und mit leicht verschmiertem Make-up.

Taumelnd erhob ich mich, stopfte das Hemd wieder in die Hose und wankte ins Bad.

Claudia kratzte bald an der Tür und lockte mich mit

leiser Stimme: „Calvin, komm, Sweetheart!"
Doch erschrocken schloss ich mich ein, was die Lage nur verschlimmerte. Claudias gurrende Stimme verstummte endlich, Unordnung und Leid füllten jede Kachelritze vor meinen Augen. Erst nach geraumer Zeit hörte ich, wie sie sich schluchzend entfernte, schlich mich in mein Zimmer und harrte, von Übelkeit gepeinigt, der kommenden Dinge, bis ich in einen unruhigen Schlaf fiel. Noch im Traum kämpfte ich in einem Meer von pampigen, klebrigen Wogen, in dem pralle Seehunddamen sich aalten und mich umkreisten, um das nackte Leben.

Am nächsten Morgen brachte ich mich mühsam in Form. Am Frühstückstisch empfing mich Claudia, straff gekämmt. Nichts an ihr erinnerte mehr an unsere Eskapaden. Mit tiefem Blick und besorgter Miene eröffnete sie mir: „Calvin, lass uns reden."
Diese Worte entwaffneten mich. Eine Stunde lang redete sie. Ich schnappte nur Bruchstücke auf: Sebastian, Lockerung, Lösung ... Dann führte Claudia ein längeres Telefongespräch.

Und drei Tage später stand ich mit Claudia vor dem Türschild des Dr. Sebastian Klamm und las die Worte „Psychologe und Psychiater. Spezialgebiet migrationsbedingte Leiden".
Ich startete einen letzten Versuch: „Claudia, ich weiß nicht ..."
„Calvin, den Sebastian kenn ich schon seit Jahren aus dem Verein ‚Ärzte für Afrika'. Das ist der Beste, den wir finden können."
Claudia hatte in meinem Schuldgefühl einen treuen

Verbündeten und kurz darauf saß ich dem Inhaber der Praxis gegenüber, den Claudia als einen alten Bekannten begrüßt hatte. Claudia hatte recht: Der Doktor war grundsympathisch.
Doch bald griff Claudia zielstrebig in das Geplauder ein und stellte Dr. Klamm meinen Fall vor.
Sie berichtete von meiner beklagenswerten Vergangenheit in Kamerun, meiner Flucht aus dem Elend, der überstürzten Ankunft, nur mit einem Koffer in der Hand und den fremdenfeindlichen Vorkommnissen auf dem Stuttgarter Hauptbahnhof.
„Sebastian, was sage ich, du kennst ja diese Situation, das Übliche eben. Logisch: Calvin ist blockiert, traumatisiert. Er braucht deine Hilfe. Wie kann man diese Verkrampfungen lösen?"
Dr. Klamm war ein netter Mensch.
„Verehrter Herr Dlele, diese Blockaden sind immer auch Ergebnis von Verhärtungen. Oft nach Schockerlebnissen, wie Sie nach dem Eintreffen in Deutschland sie durchmachen mussten. Diese Verhärtungen müssen dekonstruiert werden."
Claudia nickte neben mir eifrig.
„Ich möchte Ihnen nicht zu nahe treten, aber lassen sie es mich aussprechen: Sie sind traumatisiert, sie *müssen* traumatisiert sein."
Endlich meinte ich, naiv wie ich war, einen Zipfel von Verständnis zu fassen. Der Mann hatte recht. Genau so war es gewesen.
„Herr Doktor, das stimmt ..."
„Die Ereignisse haben Sie überrollt. Diese Erlebnisse in Deutschland waren für Sie überwältigend."
Ich dachte an Claudias Griff und nickte stumm.
„Sie sind da bis in die Grundfesten Ihrer Existenz er-

schüttert worden. Die Art, wie sie hier bei uns aufgenommen wurden, spiegelt nichts anderes als eine tiefsitzende pathogene Disposition unserer Gesellschaft. Viele Deutschen sind krank. Sie merken das nicht. Sie verschieben ihr Problem auf Objekte. Das sind Sie. Darunter leiden Sie."

Kannte er Claudia so gut? Ich sah Claudias versonnenen Blick vor mir.

„So war es."

„Sie fühlen sich verfolgt, eingeengt, in Ihrer Identität nicht akzeptiert, nicht ernst genommen."

„Ein furchtbares Volk sind wir." Claudia konnte sich nicht mehr zurückhalten. Unruhig rutschte sie auf der Stuhlkante umher.

„Ihr Umfeld sendet verwirrende Signale. Einerseits wird Freundlichkeit und Zuwendung vorgetäuscht. Doch dahinter lauern Übergriffe und eigene Frustrattionen."

Ich stimmte ihm aus ganzem Herzen zu. Zu spät erkannte ich: Er meinte gar nicht Claudia, sondern die angeblich verstockten Deutschen.

„Da empfehle ich eine Intensivtherapie. Dazu müsste es auch Gelder geben. Claudia, da könntest du dich doch mal drum kümmern. Afrika-Brücke ... oder der interkulturelle Reha-Fonds."

Dr. Klamm lehnte sich lächelnd in seinem Schwingsessel zurück.

„Wenn es einen Fall gibt, auf den die Traumatisierungs-Symptome zutreffen, dann Ihrer. Aber das müssten wir in den Griff bekommen, nur Mut, Herr Dlele!"

„Vor allem: Calvin braucht eine Schutzzone, gegen den ganzen Rassismus da draußen. Ein Refugium,

umgeben von den richtigen Menschen", warf Claudia
ein.

Dr. Klamm lächelte: „Herr Dlele, diese Menschen haben Sie ja zum Glück gefunden."

Ich nickte stumm und sah ergeben, wie Claudias etwas kurze Hand sich langsam auf meinen Unterarm
vorschob und ihn innig drückte. Sie zwinkerte mir
strahlend zu. Irgendetwas lief da schief.

In der folgenden Stunde musste ich zahlreiche Frage-
bogen ausfüllen, die Geschehnisse auf dem Hauptbahnhof sehr genau wiedergeben und mich einer ganzen Reihe von mir unverständlichen psychologischen
Tests unterziehen. Nichtsahnend trottete ich wie ein
Lämmchen mit.

Am Ende saß Dr. Klamm mir wieder am Schreibtisch
gegenüber.

„Nun, das Bild ist klar. Zunächst brauchen Sie die
Bescheinigung, wenigstens eine vorläufige. Damit
können wir dann weiterarbeiten. Wird Ihnen in den
nächsten Tagen zugehen."

Dr. Klamm stieß sich schwungvoll aus seinem Sessel
und mit aufmunterndem Lächeln entließ er mich, bevor er Claudia zum Abschied zuwinkte.

Als wir in Claudias Wohnung angekommen waren,
schmerzte der Kiefer recht heftig. Ich überließ mich
erneut den pflegenden Händen meiner Gastgeberin.

„Calvin, so geht das nicht weiter. Du musst dich jetzt
aber wirklich von mir gesundpflegen lassen. Ich lass
dich nicht mehr gehen!", drohte sie mir schelmisch
lächelnd.

Ich nickte ein wenig erschöpft.

So vergingen drei Tage, und dann kam das Schreiben von Dr. Klamm. Claudia war gerade mit den „Welcome Angels" unterwegs. Ich öffnete den großen Umschlag und begann zu lesen.

Von Satz zu Satz wurde mir unbehaglicher zumute. Das Befremden steigerte sich am Ende zur blanken Panik. Dieser Heiler hatte mir, wohl um mir Türen und Kassen zu öffnen, eine „markant exogen induzierte Traumatisierung mit schwerer sozialer Dysfunktion" attestiert und auf die unabdingbare Notwendigkeit einer „kultursensiblen Langzeittherapie" hingewiesen. Auch eine längere Arbeitsunfähigkeit wurde konstatiert.

Ich ließ die Blätter sinken. Welch schreckliches Missverständnis!

Blitzartig wurde mir bewusst, dass ich verloren wäre, wenn ich weiterhin im Dunstkreis von Claudia und ihren Vertrauten logierte. Ich musste handeln, Kiefer hin oder her. Wenn Claudia die Bescheinigung zu Gesicht bekäme? Oder gar, wenn dieser peinliche Inhalt bis zur Universität Tübingen gelangen würde? Mich schauderte.

Ich packte meinen Koffer. Dann schrieb ich Claudia einen Abschiedsbrief, der meiner Erinnerung nach ungefähr folgendermaßen endete: „Ich bedanke mich von ganzem Herzen bei dir. Du hast mich selbstlos aufgenommen und umsichtig gepflegt. Verzeih mir den überstürzten Aufbruch. Dinge, über die ich nicht reden kann, zwingen mich dazu. Ich werde dich stets als gütigen, herzlichen Menschen in Erinnerung behalten. Eine letzte Bitte: Versuche nicht, mir zu folgen oder Kontakt mit mir aufzunehmen. Lebe wohl,

Calvin."

Dann bestrich ich zwei knusprige Salzbrezeln, die ich in der Küche fand, mit Butter, packte sie als Wegzehrung ein, nahm auch noch eine Flasche Ingwer-Bionade mit, legte 200 Euro neben den Brief und verließ die Wohnung. Leise zog ich die Tür zu.

Doch das Schicksal wollte an jenem Abend die Verwirrung der Fäden. Kaum war ich im Erdgeschoss angelangt, als die Haustür aufging und Claudia vor mir stand. Ihr Lächeln erstarb, als sie meinen Koffer sowie meinen Gesichtsausdruck wahrnahm. Als patente Schwäbin hatte sie blitzartig erkannt, was hier gespielt wurde.

„Calvin!", stöhnte sie. Dann gellten ihre schrillen Rufe durch das Treppenhaus.

Ich spürte, dass nun alles auf der Kippe stand. Ohne lange nachzudenken, drehte ich mich auf dem Ansatz um und hechtete zum Hinterausgang und hinaus in die Gartenanlage. Doch Claudia hatte sich offenbar schnell gefasst. Mit einer unglaublichen Behändigkeit, befeuert von der Panik über den drohenden Verlust, war sie mir auf den Fersen. Zudem behinderte mich der schwere Koffer. Ich hetzte durch den dunklen Park.

„Calvin, das ... kannst du nicht ... Calvin ... komm zurück ... Calvin!"

Claudias verzweifelte Schreie gingen mir durch Mark und Bein. Hier rief ein waidwundes Reh seinen Schmerz in die dunkle Welt hinaus.

Plötzlich hörte ich einen dumpfen Fall hinter mir. Claudia war gestürzt. Ich rannte am Spielplatz vorbei bis zur Hausecke. Die klagenden Rufe Claudias peinigten mich, bis sie der Straßenverkehr verschluckte.

Ich hatte es geschafft.

Doch bald wurde mir bewusst, wie ich die Zähigkeit, das Organisationstalent und die Netzwerke meiner Gönnerin unterschätzt hatte.

Verwirrt trabte ich Richtung Hauptbahnhof. In der Klettpassage winkte mich ein netter Mann zu einem Eineweltstand und nötigte mir eine Suppe auf. Ich stimmte zu und biss schon mal in die Claudia-Brezeln. Doch der Aktivist musterte mich inzwischen interessiert, bevor er mir den Teller herüberschob. Er warf einen Blick auf sein Smartphone:

„Entschuldigung, sind Sie nicht dieser ... Calvin ... Dlele?"

Ich verschluckte mich und hustete, dass mir fast die guten Flädle hochkamen.

„Nein, wieso? Den kenne ich nicht."

Der Mann wandte sich ab, schaute aber nochmals misstrauisch zu mir her.

Inzwischen ahnte ich, dass Claudia sich zwar an jenem Abend, aber nicht auf Dauer würde abschütteln lassen. Sie hatte durch ihre weitverzweigten Vereinigungen und Aktivistengruppen die Netze nach mir aufgestellt. Wahrscheinlich war auch die Polizei im Bilde. Womöglich hatte sie bereits die Universität von ihrer Version meiner Geschichte in Kenntnis gesetzt. Ich war vielleicht schon überall als Kranker, als gefährlich Traumatisierter, gar als Gefährder registriert!

Tausend Gedanken kreisten in meinem Kopf, während ich die Suppe mechanisch auslöffelte.

Doch immer noch hatte ich kein realistisches Bild von Claudia. Leider vertrödelte ich mit Grübeln und mit dem langsamen Verzehr von Claudias Butterbrezeln entscheidende Minuten.

Als ich den Stand verlassen hatte und in der Bahnhofshalle angekommen war, prallte ich auf eine Gruppe, die dort Wache hielt. Noch heute kann ich den Stich nachempfinden, der mich damals durchfuhr: Claudia, das Mobilfon am Ohr, und drei jüngere Männer! Einen von ihnen meinte ich in Claudias Wohnung schon einmal gesehen zu haben. Später reimte ich mir zusammen, dass sie wohl in einer „Alert Action" einige Willkommensengel zusammengetrommelt hatte und dass der treulose Suppenmann sich gleich ans Telefon gehängt hatte.

Claudia erblickte mich. Was nun folgte, war eine nahezu filmreife Verfolgungsjagd. Mit eisernem Griff hielt ich den Koffer gepackt, sprintete los und spielte meine afrikanische Schnelligkeit aus, doch meine Widersacher teilten sich und versuchten, mich im Bahnhof und danach in der Klett-Passage in die Zange zu nehmen. Claudia beteiligte sich durch psychologische Kriegsführung und schickte abwechselnd klagende und anfeuernde Schreie in die Kuppel der Bahnhofshalle. Mehr als einmal entschlüpfte ich ihnen nur um Haaresbreite.

Ich muss heute gestehen, dass ich in meiner Not durchaus auch zu unritterlichen Mitteln griff. So schlug ich mit meinem Koffer zu und entriss auch einmal einem Passanten einen Gepäckwagen, um ihn meinem Verfolger in den Weg zu schleudern, so dass er fluchend zu Boden ging.

„Körperverletzung ... versuchter Totschlag" hämmerte eine Stimme in mir.

Am Ende gelang es mir dann doch, sie abzuschütteln und den Durchbruch in die Innenstadt zu schaffen.

Ich hatte keine Ahnung, wo ich war.

Schwer atmend kauerte ich mich in einem Hinterhof hinter die Mülltonnen und ließ eine geraume Zeit verstreichen. Sie waren nirgends zu sehen.

Doch nun war ich auf der Flucht im Dschungel Stuttgarts.

Viertes Abenteuer:
Im antifaschistischen Kampf

Was tun? Alle Hilfsorganisationen waren wohl schon längst von Claudia informiert worden, da konnte ich mich nicht sehen lassen.

Ich griff nach meinem Koffer, verließ mein Mülltonnenversteck und pirschte vorsichtig durch einen dunklen Torweg zur Straße. Zu dieser vorgerückten Stunde waren in diesem mir völlig unbekannten Stadtteil kaum noch Menschen unterwegs. Trübe Straßenlaternen brannten. Ich musste eine U-Bahn-Station finden, wo ich mich auf einem Stadtplan orientieren konnte. Vielleicht stieß ich auch auf Passanten, die mir weiterhelfen konnten.

Ich bog in eine etwas heller erleuchtete Straße ein. Dort bot sich ein erstaunlicher Anblick. Es näherte sich mir eine Gruppe schwarzgekleideter junger Leute, die eng nebeneinander wie in einem Pulk mitten auf der Straße unterwegs waren.

Kaum erblickten sie mich, löste sich einer aus der ersten Reihe, schlenderte zu mir her und schlug mir zur Begrüßung lässig die Hand auf die Schulter: „Hey, Companero!"

Ich war so verdutzt, dass ich ihm den ungewöhnlichen Gruß einfach spiegelbildlich zurückgab: „Hey, Companero!"

Das schien ihn zu freuen. Er strahlte mich an: „I Kevin. You refugee? Nigeria? Ghana?"

Leider witterte ich die Fallstricke nicht, die in diesem Gesprächsbeginn verborgen waren, und antwortete folgsam: „Kamerun."

Mein Gesprächspartner nickte wissend.

„Ich bin Student in Tübingen."

Der Schwarzgekleidete stutzte und gab die Nachricht gleich an die anderen weiter: „Hey, er kann deutsch!"

Dann betrachtete Kevin besorgt den Verband an meinem Kiefer: „Shit, einiges erlebt in diesem fucking Land, eh? Cops und so?"

Ich nickte und lächelte, denn damals dachte ich noch in meiner jugendlichen Unschuld, dass Lächeln nie falsch sei.

Die Quittung folgte umgehend. „Hey, Leute, der kann doch mitkommen?!"

Mein Freund zog mich am Arm zu seinen Kumpels, die stehengeblieben waren. Hände schlugen von allen Seiten auf meine Schultern. Ich blickte in eine Runde von etwa zehn jungen, freundlich nickenden und erwartungsvoll schauenden Männern.

„Komm mit, Companero. Machste mit bei Aktion. Gibst Info über die Klassenkämpfe in Kamerun. Du kannst auch bei uns pennen, in der ‚Roten Klara', wenn du willst."

Ich war verloren. Dem Elan und dem Charme der Stuttgarter Antifa, denn um diese handelte es sich, wie ich bald mitbekam, war ich in meiner Lage wehrlos ausgeliefert. Und so schloss ich mich dem Zug an, reihte mich in den Pulk ein und machte in dieser Nacht meine ersten Erfahrungen mit den Formen des antifaschistischen Kampfes im Mutterland des Nazismus.

Allmählich meldete sich bei mir der Hunger, und als wir an einer Imbissbude vorbeigingen, verführte mich das appetitliche Bild einer riesigen roten Wurst auf einem Plakat dazu, vorzuschlagen, hier kurz Halt zu machen. Meine Genossen stutzten. Das hätte ich nicht sagen sollen, wie ich an den gequälten Gesichtern unschwer ablesen konnte.

„Das muss nicht sein. Dieser deutsche Fraß ist Scheiße. Da essen sogar manchmal Bullen vom Bullenpräsidium da drüben."

Die jungen Antifaschisten steuerten einen Dönerladen in einer Seitenstraße an und bald konnten wir anatolisch korrekt gestärkt ans nächtliche Werk gehen. Die Palästinenserschals wurden hochgezogen und es ging los.

In den folgenden Stunden sprühte man auf Betonflächen aller Art die Slogans, die, wie meine Kumpels mir bedeuteten, der Aufklärung, der Provokation aller tumben Spießer, v. a. aber dem befreienden Ausdruck des eigenen subversiven Elans dienen sollten. Mit Interesse gewann ich erste Einblicke in die Geisteswelt revolutionärer Kämpfer auf den Spuren der großen deutschen Rebellen Klaus Störtebecker, Karl Marx und Fritz Teufel. Am beliebtesten waren die Sprüche „Kapital.Staat.Nation.Religion.Scheiße", „No nation, no border, anarchy is order", „Nie wieder Deutschland!", „Der Tod ist ein Meister aus Deutschland" sowie „Hate your Heimat, Fuck your Volk."

In einer Sprühpause lehnten sich die Aktivisten auf einem dunklen Schulhof gegen eine Tischtennisplatte und Kevin verteilte Pringels. Ich wollte das Gespräch auf Max Stirner und Büchners „Hessischen Landboten" lenken, doch leider kam ich dabei nicht so recht voran. Meine Fragen wurden immer einsilbiger beantwortet. Kevin prüfte derweil mit einigen Sprühstößen eine neue Farbdose aus seinem Rucksack: „Geile Farbe!"

Man nahm sich noch die Wand der benachbarten Sporthalle und zwei Buswartehäuschen vor, und um 10 Uhr war das Soll offenbar erfüllt. Weil der erste Freitag im Monat war, stand, wie Kevin erklärte, eine After-Spray-Fighter-Night mit dem Thema „Smash it all" im Treffpunkt der schwäbischen Antifa an.

Bald waren wir vor dem Gebäude angelangt, einem Anbau eines alten Gewerbeparks. Über der Stahltür hing in schwarz und rot ein Schild mit der Aufschrift „Rote Klara". Ich folgte Kevin durch den langen Gang mit der abblätternden Farbe und staunte über die Wandmalereien: „Regierung stürzen - Revolution machen" sowie „London brennt! – Wann folgt endlich Berlin?!"

In einem mit alten Sesseln, Sofas und Hängematten bestückten Raum ließ sich die Gruppe nieder. Bierflaschen wurden geöffnet, man prostete sich mit knallenden Flaschen zu und bald schallte eingeweideerschütternde Musik aus den Lautsprechern.

„Ist Screamo, kennst du das?" schrie mir Kevin zu. Ich nickte freundlich und wippte angestrengt mit im Takt der schreienden, gutturalen Stimme, während ich ein altes Plakat an der Wand betrachtete, in dem von der Asche der alten Zustände und von neuem Leben ohne Zwang die Rede war. An die Zeile „Feuer und Flamme für Deutschland" kann ich mich gut erinnern, fuhr mir beim Lesen doch ein gehöriger Schrecken durch die Glieder.

Bald rückte ich in den Mittelpunkt der Aufmerksamkeit. Von allen Seiten prostete man mir zu und ich tat Bescheid. Ich ahnte, was nun kommen musste und tatsächlich, man fragte nach meiner Herkunft und dem Stand der antiimperialistischen Kämpfe in Kamerun. Vor allem Yannick, ein kleiner Kerl, der nie lachte, beobachtete mich durchdringend und wollte Genaueres wissen. Was sollte ich tun?

Doch bald erwies sich das Thema als völlig unproblematisch. Als ich von meiner muslimischen Familie anfing, horchten die Umsitzenden erfreut auf. Kevin klopfte mir auf den Rücken: „Islam ist in Afrika eben der Stachel im Fleisch der Imperialisten, klar!" Als ich auf den Autohandel meines Vaters kam, seufzte einer mitfühlend: „Für den Schrott aus Europa ist Afrika gut, Scheißspiel!"

Ich nahm einen weiteren tiefen Zug aus meiner zweiten Flasche, wurde kühner und deutete in Umrissen meine frühen telefonischen Kontakte zu Menschen in Europa aus allen sozialen Schichten an, was wohl als gelebte Internationalität gedeutet wurde.

Ich ahnte, dass meine Begeisterung für die deutsche Literatur und Sprache in diesem Kreise schwer zu vermitteln war, und tatsächlich spürte ich bei diesem Thema entgeisterte, ungläubige Blicke auf mich gerichtet. Doch wieder war es mein Schutzengel Kevin, der den Knoten souverän löste: „Leute, da seht ihr: Man muss die Bestie von innen kennenlernen, um sie zu töten!"

Ich verschluckte mich und hustete los, verzweifelt nickend. Spätestens als ich dann noch, zugegeben nur in Umrissen, von dem Vorfall im Stuttgarter Haupt-

bahnhof erzählte und mir den Kinnverband zurecht-
rückte, war ich zum geprüften „Fighter", zum exotischen Star des Abends avanciert und schien für meine
Freunde der fleischgewordene Beleg für das Gute,
Wahre und Schöne geworden zu sein. In fast kindli-
cher Freude drängten sie sich an mich und genossen
sichtlich meine Anwesenheit in ihrer Runde. Lediglich Yannick hielt sich abseits und grinste mich un-
verschämt an. Durchschaute er mein gewagtes Spiel?
Inzwischen war ein Pizzadienst erschienen und man
labte sich an südländischen Köstlichkeiten. Kevin
hielt sich wie immer an meiner Seite und fütterte
mich liebevoll mit den fettigen Teigstücken. Nach einigen weiteren Bieren wurde die Musik abgedreht,
man ging zur eigentlichen Sitzung über und diskutierte Strategie und Taktik des zukünftigen Kampfs.
Zuerst berichtete Zappo, ein schmächtiger Jüngling,
über einen erfreulichen Fall.
„Irgendein Deutschomane hat da den Vorsitzenden eines türkischen Elternvereins angezeigt, weil der die
Deutschen wegen der Erdogankritik gedisst hat. Da,
ich les mal vor: Die Deutschen sind eine Köterrasse.
Von ihren Händen fließt immer noch jüdisches Blut.
Diese Schlampe mit dem Namen Deutschland hat uns
den Krieg erklärt. Ab jetzt könnt ihr was erleben.
Möge Allah ihren Lebensraum zerstören."
Einen Augenblick lang herrschte verblüffte Stille.
Dann rief einer: „Manno, was geht denn da, der traut
sich was, echt krass. Der hat Eier!" Ein anderer feix-
te: „Schlampe Deutschland, is ein schönes Bild. Und
was macht man mit Schlampen? Na?!"
Zappo ergänzte: „Und der Bullenrichter hat nen hel-
len Moment und sagt dem Deutschomanen: Deutsche

kannste nicht beleidigen, weil sie keine Merkmale haben oder so." Die Runde grölte begeistert auf und trank sich zu. Zappo schrie: „Sollen wir den Arsch, den Richter, bei uns aufnehmen?"

Die Stimmung stieg. Einer aus der Runde, Jo, ein Blondschopf mit hagerem Hals, sorgte dann für Aufregung. Er klagte über das Problem, dass der Kampf gegen den Faschismus im Allgemeinen ganz gut laufe, dass aber das Aufspüren ganz konkreter Nazis sich als immer schwieriger herausstelle. „Klar, wir wissen, dass die Faschos mit ihrer Scheiße überall Boden gutmachen. Wo sind aber unsere ganz konkreten Aktionen gegen ganz konkrete Schweine? Wo sind diese Schweine? Wann haben wir zuletzt einen enttarnt? Ist ne ganze Weile her!"

Widerspruch erhob sich und man diskutierte hin und her.

„Ehrlich, sind wir denn zu blöd, um hier in Feuerbach, in Cannstatt oder im Stuttgarter Osten die echten Nazis zu identifizieren? Wo sind diese Pigs? Die muss es doch geben!" Es drohte sich Ratlosigkeit breitzumachen.

Endlich fand einer die Lösung: „Ich schlage vor, mit der SPD anzufangen und dort mal Listen der ganzen Rechten anzulegen. So Typen, die rassistisch von legalen Abschiebungen faseln oder für Kindergeldkürzungen sind bei Kindern im Ausland. Echt krass Nazi."

Zustimmende Rufe waren zu hören und die neue Linie war damit abgesteckt.

Dann informierte Tommy über das Vorbereitungstreffen in Dresden zur bevorstehenden „Demo gegen rechts" am Gedenktag zum Bombenangriff auf Dresden. Tommy war schon letztes Jahr vor Ort gewesen und erinnerte an die erfolgreichen Events beim Kampf gegen die Bullen: „Allein wir haben drei Wannen entglast! Die Cops sind gerannt wie die Hasen, als unsere Mollis flogen. Und drei Faschos wollten Flugis verteilen. Haben proaktiv auf die Fresse gekriegt."

Die Runde freute sich über solche Erfolgsmeldungen. Nun sollte ein aktuelles Flugblatt erstellt werden.

„Wir brauchen fetzige Slogans. Da müssen wir es echt krachen lassen." Mit Hilfe eines Laptops wurden Antifa-Slogans recherchiert. Wir fanden Beispiele wie „We love volkstod" oder „Bomber Harris – do it again!" und erneut stockte mir der Atem. Wo war ich gelandet?! Was sollte ich tun? Sollte ich einfach meinen Koffer packen und verschwinden? Doch die jungen Leute taten mir leid, so verrückt das klingt. Kevin war ein herzensguter Junge, ich konnte ihn nicht so vor den Kopf stoßen. Außerdem war mein Interesse an ethnologisch interessanten Forschungsfeldern im Bereich devianter Rituale geweckt, ein altes Interesse von mir schon in Kamerun.

Während ich noch grübelte, wurden Tische zusammengeschoben und Papier verteilt. Kevin erhielt von Tommy einen derben Rüffel, weil er die dicken Filzstifte vergessen hatte, so war mühsame Kleinarbeit mit den schmaleren Eddings aus Kevins Reserve angesagt. Zuerst musste aber getextet werden, doch das erwies sich als nicht einfach. Man rang um die zündende, elektrisierende Formulierung, um die ultimative Zuspitzung, die den Spießer mitten ins Herz treffen sollte.

Noch heute, zwölf Jahre später, staune ich über den

geradezu heiligen Eifer, mit dem die jungen Männer ihre Überzeugungen in Worte zu fassen versuchten. Ob nicht doch hier auf uralter, schwäbischer Erde Friedrich Schiller und Christian Friedrich Daniel Schubart insgeheim Pate standen beim Werk der Stuttgarter Rebellen?

Nun allerdings meldete sich der Schalk in mir. Ich beschloss, mitzuschreiben und im Nu hatte ich meine Freunde in einen Wettstreit um die abgefahrenste Formulierung verwickelt, der mir bald, ich gestehe es, eine bittere, diabolische Freude bereitete. Inwieweit das süffige Dinkelacker-Bräu hier mitspielte, sei dahingestellt.

Ich rechtfertigte mein Tun jedenfalls damit vor mir, dass ich dadurch echtes Spontitum und wahrhaft subversive Lust auslebte, eigentlich doch ganz im Sinne des anarchistischen Ansatzes meiner Gefährten.

Als ich listig vorgab „Warum Weimar, Jena schonen ..." , ergänzten gleich mehrere freudig „... alles Gute kommt von oben!" Für den Anfang stellte ich germanistische Bedenken zurück und sah großzügig über kleinere klangliche Schwächen hinweg. Auf „Keep calm ..." folgte „... keep bombing on."

Stets wartete ich auf Protest, Ernüchterung und Innehalten, doch stets vergeblich. Über „Bomber Harris noch ein Tor, / we want more, we want more!" und „Horst und Else geht doch sterben / eure Welt hat keine Erben!" steigerten wir uns bis zu „Mit Harris coolen Terror tanzen, Anarchie und Freiheit pflanzen!"

Natürlich musste ich mir eingestehen, dass die von mir provozierten Produktionen zu den geschmacklosesten Wortgebilden der Galaxis gehörten. Jahre später las ich mit Scham, dass unser Spruch „Achtung

Nazis, jetzt wird's hart, Stuttgart wird zu Stalingrad!"
es in die Wikipedialiste der Standardslogans geschafft
hatte, aus der sich Gesinnungsfreunde bundesweit be-
dienten – all dies die unerwartete Frucht einer turbulenten Nacht unter dem Fernsehturm. Irgendwann
war das Flugblatt dann fertig, auch bei der Recht-
schreibung konnte ich durchaus raten und helfen.
Während der Arbeit wurde einer der jungen Männer
angerufen. Ich verstand nichts von den kurzen Antworten, sah allerdings, dass er dabei auch einmal in
meine Richtung blickte. Natürlich hätte ich aufmerk-
samer sein können, doch in diesem Augenblick feilte
ich gerade an der Pointe des Textes herum und ließ
mich vom Schwung meiner Alliterationen und Ana-
phern weitertragen. Dann malte man die Transparente.

Wir waren fertig und hatten gerade eine neue Runde
Bier verteilt, da ging mit Schwung die Tür auf und
ich traute meinen Augen nicht: Im Türrahmen stand
Claudia!
Ich musste mich erst einmal setzen und hielt mich an
meiner Bierflasche fest.
Claudia trat in den Raum, hatte mich gleich im Blick
und musterte dann die Anwesenden. Kevin kannte sie
offenbar und wollte lässig grüßen.
Doch Claudia schnitt ihm energisch das Wort ab:
„Keine Fisimateten."
Sie wandte sich an mich: „Calvin, komm, wir können
gehen."
Ich seufzte. „Woher weißt du denn, dass ich hier
bin?"
Claudia lächelte. „Unsere Organisation ist eben ganz

gut vernetzt, alle Stuttgarter Initiativgruppen sind mit ,Alert Action' eingeschaltet worden. Vor ner halben Stunde hat man mir bestätigt, dass du in der ,Roten Klara' bist. Komm, du siehst nicht gut aus, dein Verband muss längst gewechselt werden."

Jetzt war die Stunde der Wahrheit gekommen. Ich stellte die Flasche ab und erhob mich.

„Claudia, versteh doch, ich komme nicht mit. Du bist eine außergewöhnliche Frau, ich bewundere dich, aber ich bleibe hier."

Claudia sah mich unverwandt an, dann setzte sie sich, und nun sah ich, wie grau im Gesicht sie war. Sie strich sich über die Stirn und bedeckte die Augen mit ihren Händen. Die starke Claudia – war sie nun doch erschüttert?

Ich verbot mir jede Rührung und wurde immer kühner. „Danke für alles. Aber nun musst du gehen. Kevin wird dich hinausbringen."

Kevin legte ihr die Hand auf die Schulter. Da fuhr Claudia hoch, schüttelte Kevins Hand ab und machte ihm in den nächsten drei Minuten eine Szene, in der sie wahrhaftig zur Furie wurde. Sie stieß ihn vor sich her um den Tisch herum und schrie auf ihn ein: „Du Frichtle, du Lombaseckel, du Arschkachel!"

Die anderen saßen wie gelähmt, doch dann traten einige der aufgebrachten Frau in den Weg: „Hey Companera, Schluss jetzt, lass den Genossen in Ruhe. Wir machen hier politische Arbeit. Da macht Calvin mit."

Doch das war Petroleum ins Feuer von Claudias Wut. Sie schrie: „Domms Lättagschwätz! Der isch bei mir und sonscht nirgends, merket euch des. Und ihr seid en erbärmliche Haufe, ihr seid so hemmelbronzdomm. Was soll denn mei Calvin ausgrechnet bei

58

euch?" Hemmelbronzdomms Lättagschwätz? „Himmelurindummes Lehmgerede" würde der Google-Übersetzer hier wohl ausspucken.

Sie riss mich am Arm in Richtung Eingang und völlig überrumpelt wurde ich zunächst ihre Beute. Ich wehrte mich instinktiv und schubste Claudia weg. Sie fiel, und mehrere ihrer Kontrahenten wollten sie nun endgültig hinauswerfen.

Doch Claudia rappelte sich blitzschnell wieder auf. Sie griff zu einer Fahnenstange, die an der Wand lehnte und an der das schwarz-rote Banner der Anarchie hing, und begann auf die verblüfften Gegner einzudreschen. Schimpfend jagte sie Kevin und Zappo rund um den Tisch. Stühle flogen zur Seite, Filzstifte schossen durch die Luft. Claudia heulte: „I schlaa euch d' Laif raa, no kennedr uff de Stomba hoimgraddle!" Erneut musste ich meine gesamten Schwäbischkenntnisse aufbieten: Beine abschlagen - auf Stummeln heimhumpeln. Von deutscher Gemütlichkeit konnte hier nicht die Rede sein.

Die Antifaschisten zeigten sich angesichts des weiblichen Furors überfordert. Kevin stürzte im Getümmel, saß bald stöhnend am Boden und rieb sich das Knie. Während Claudia Zappo gepackt hatte und den schmalgebauten Jungen schüttelte, begann endlich mein Verstand wieder zu arbeiten. Ich musste die anarchische Szene zur Flucht nutzen.

Flink ergriff ich meinen Koffer, bewegte mich im Rücken Claudias seitwärts, gewann die Zimmertür, nahm den Schlüssel an mich und, ein genialer Einfall, löschte das Licht im Raum. Verärgerte Rufe erhoben sich im Dunkeln. Ich schlüpfte durch die Tür, schloss ab, um jede mögliche Verfolgung zu erschweren, und war darauf bedacht, Land zu gewinnen. Nach fünf Minuten und etliche Straßen weiter blieb ich stehen und versuchte, wieder etwas zu Atem zu kommen.

Hinter mir war in der Dunkelheit nichts zu hören. Die Uhr zeigte eins. Ich hatte einen wahrlich subversiven Abend hinter mir.

FÜNFTES ABENTEUER:
DIESEN KUSS DER GANZEN WELT

Irgendwo in der Ferne leuchtete der Fernsehturm und verkündete mir, dass mir wohl eine Nacht im Freien bevorstand. Ich schlug mich durch bis zum Schlossgarten, kroch in einem Terrassencafé unter eine Regenschutzplane und pries den Himmel für die gemäßigte Temperatur in dieser Nacht. Noch im Traum beugten sich fürsorgliche Frauen über mich und zogen mir schwarz-rote Bettdecken über den Kopf, bis ich keine Luft mehr bekam. Am Morgen trank ich in einer Nebenstraße einen Kaffee und blätterte in einer Zeitung.

Meine mühsam wiedergewonnene Gelassenheit war dahin, als im Radio an der Theke die Lokalmeldungen kamen: „Stuttgart. Eine 42-jährige Frau wurde in einem Jugendheim Opfer eines gewalttätigen Übergriffs, in die auch ein Flüchtling aus Kamerun verwickelt war. Sie sei ihrer Aussage nach unvermittelt von den Anwesenden attackiert und zu Boden gestoßen wurde. Bei dem Angriff zog das Opfer sich Bein- und Hüftverletzungen zu. Die Polizei bittet um Mithilfe. Von den Tätern liegt keine Beschreibung vor. Lediglich von dem Kameruner ist das Aussehen bekannt. Die Polizei bittet um Hinweise. Er ist 19 Jahre alt, hat einen dunklen Teint ...“

Und dann folgte eine Beschreibung, die ich, während ich in den Spiegel hinter der Theke blickte, nur als punktgenau und lückenlos bezeichnen konnte. Dem liebevollen Blick Claudias war nichts entgangen, nicht einmal meine leicht abstehenden Ohren. Nun wurde der Stuttgarter Boden unter mir wirklich heiß. Ich ahnte, dass Claudia jetzt alle Trümpfe in der Hand hatte. Sie konnte mich erpressen und mich wahlweise entweder zum überrumpelten Zeugen oder zum Mittäter machen.

Die Antifaschisten würden die Zusammenarbeit mit dem „Bullenstaat" ablehnen. Selbst Kevin würde da kaum zu meinen Gunsten aktiv werden können. Jetzt kam alles darauf an, von der Bildfläche zu verschwinden. Vielleicht setzte sich dann irgendwann doch die harmlose Wahrheit über den Vorfall in der „Roten Klara" durch.

Ich betrat den Hauptbahnhof vorsichtig durch einen Seiteneingang, schaute mich nach möglichen Greiftrupps in Claudias Diensten um und studierte dann die Anzeigentafel.

Zehn Minuten später hatte ich mit Hilfe meiner Scheckkarte einen Fahrschein gelöst und saß im Zug nach Frankfurt am Main. Ich sah mich schon beim geistigen Lustwandel im Großen Hirschgraben, im Römer und bei den imposanten Dinosauriern im Senckenberg-Naturmuseum.

Mit solchen Träumereien verging mir die Zeit wie im Flug und schon rollte der Zug in den Frankfurter Hauptbahnhof ein. Ich trat auf den Bahnsteig und war unversehens in eine zunächst unerwartete, dann mehr und mehr unwirkliche Szenerie hineinkatapultiert.

Auf dem Nebenbahnsteig war nämlich fast zeitgleich ein anderer Zug angekommen. Die Türen öffneten sich und zu meiner Verblüffung stiegen dutzende junge Männer aus, sonnengebräunt, mit Rucksäcken, oftmals mit gegelten Haaren, modisch quietschbunten Sneakers und das Smartphone am Ohr. Sie schienen bester Laune zu sein und quasselten lautstark durcheinander.

Zuerst dachte ich an eine Reisegruppe aus den Kreisen smarter Jeunesse dorée aus Katar oder Beirut. Doch dann wurden es mehr und mehr, darunter auch mal eine kopftuchtragende Frau mit verhärmtem Gesicht, und auch einige Familien mit quengelnden Kindern trieben im Strom mit. Und immer noch stiegen weitere aus, es waren nun sicher hunderte, die zügig zum Ausgang strömten.

Ich tippte einen Hakennasigen neben mir an und er erklärte in gebrochenem Englisch: „Asyl", „from Munich", „we Iraq, Afghanistan" und einige weitere Ländernamen, die ich nicht entschlüsseln konnte. Das mussten also diese Flüchtlinge sein, die über Budapest eingereist waren.

Inzwischen war ich in dem Pulk der Ankömmlinge eingekeilt, aber gleich würde sich der Stau ja auflösen und jeder würde seiner Wege gehen. Aber weit gefehlt!

Wir näherten uns der großen Bahnhofshalle, und da staunte ich denn doch. Rechts und links von unserem Weg hatten sich Menschen aufgestellt, die bei unserem Anblick in frenetischen Jubel und wildes Beifallklatschen ausbrachen! „Welcome, welcome!" schallte es durch die Halle. Verhörte ich mich oder riefen einige auch „Thank you!"?

Auch heute, nach all den Jahren, bin ich mir sicher: Wir schienen den Frankfurtern etwas zu bringen, wir schienen sie zu erlösen von etwas, was sie bedrückt hatte und was jetzt durch uns abfiel! Ich sah in euphorische Gesichter, die nur noch als verzückt beschreiben werden konnten. Winkende Frauen, hüpfende Kinder, entrückt wirkende Alte aus der Kriegsgeneration: Für sie alle schien es ein Ausnahmetag in ihrem Leben zu sein.

Am meisten jedoch fielen die jungen Mädchen auf. Sie mussten alle Jette, Brit oder Dörthe heißen, so blond und blauäugig erschienen sie mir, was aus heutiger Sicht wohl eine Täuschung war. Doch dass sie porentief rein und märchenhaft arglos waren, dafür lege ich auch heute noch meine Hand ins Feuer.

Endlich verstand ich, was die Beatles, Tokio Hotel oder Justin Bieber empfunden haben mussten beim triumphalen Einzug in die Hallen. Die Mädchen hielten Pappschilder in die Höhe, worauf in Schnörkelschrift und mit vielen rosa Herzchen Verblüffendes zu lesen war: „Refugees welcome!", „No one is illegal" und „Open the borders". Der Frankfurter Dialekt schien dem Englischen sehr zu ähneln. Andere Schilder verkündeten, dass das Schopenhauer- oder Kant-Gymnasium die Flüchtlinge begrüße. Fast vergeblich suchte ich die männliche Schülerschaft, die hier nur spärlich vertreten war.

Langsam schwante mir, dass der Pöringsche Furor keine Stuttgarter Besonderheit war. Das hier waren die hessischen „Welcome angels", allerdings in einer Massenbewegung, gegen welche die Stuttgarter Szene mir wie eine exklusive Sekte vorkam.

Das allerdings barg auch Gefahren, denn die Fangarme Claudias reichten dann sicher auch in die hiesige Szene. Ihre Amtshilfe bei der Ergreifung des abgängigen Schäfchens konnte mich auch hier in größte

64

Schwierigkeiten bringen. Ich musste also höllisch auf der Hut sein. Verzweifelt überlegte ich, wo in Frankfurt der Ort sein könnte, der mich der Polizei am sichersten entziehen könnte. Doch vorerst steckte ich hier fest.

Ein pausbäckiges, überquellend freundliches Girl trat auf mich zu und beschwor mich per Wort und zwei Schildern: „#LoveRefugees" und „Bring your family". Gegen ein Geplauder hätte ich nichts einzuwenden gehabt, aber der Hintermann stieß mich schon weiter, fast einem weiteren Mädchen in die Arme, das nicht nur ein großes rotes Herz aus Pappe um den Hals hängen hatte, sondern auch zusammen mit ihrer Freundin ein Transparent mit dem Spruch „Bunt statt braun" in die Höhe hielt.

Gerade als ich endgültig genug hatte und mich möglichst unauffällig absentieren wollte, stoppte unser Zug, denn eine Menschengruppe in Formation blockierte jedes Durchkommen.

Als die „Welcome"-Rufe verstummten, hob eine resolut wirkende, hagere Dame einen Taktstock und die Gruppe entpuppte sich als Willkommenschor, der uns zu Ehren sang.

Ich entsinne mich nach all den Jahren noch gut an zwei Verse im ersten Song:

Sind wir auch schwach, sind wir auch klein,
im Teilen wollen wir die Größten sein!

In einem anderen Lied lautete der Refrain:

Lasst uns tanzen, lasst uns springen,
lasst uns singen, groß und klein,

lasst uns eilen, lasst uns teilen,
wir wollen gute Menschen sein!

Ich verhehle es nicht: Vom Volk der Dichter und Denker hätte ich eigentlich anderes erwartet, doch realistisch gesehen war es wohl nicht der Ort für hölderlinsche Tiefe oder eichendorffschen Schmelz, von heinescher Leichtigkeit und Ironie ganz zu schweigen. Eines war sicher und bleibt es: Ich blickte in die Gesichter der Singenden und las in den Augen, dass sie an jedes ihrer Worte inbrünstig glaubten.

Mein hakennasiger Kumpel saugte derweil an seiner Cola, schaute von seinem Smartphone hoch und blickte mich verständnislos an. Ich übersetzte ihm, aber auch danach schien er nicht folgen zu können. Die biedere und treuherzige Sangeskunst der Teutonen, die mich durchaus rührte, war ihm noch fremd. Da würde noch so mancher Integrationskurs nötig sein.

Nun allerdings wurde es ernst, denn Frauen und Mädchen lösten sich aus der uns umstehenden Runde und traten anmutig auf uns zu. Leicht geschürzt oder in wallenden Hippietüchern boten sie ein für jedes männliche Auge anziehendes Bild. Sie forderten uns mit Gesten und in bestem Schulenglisch zum Tanz.

Die Männer um mich herum trauten ihren Augen nicht. Mancher fühlte sich wohl an die Huris in „Dschanna" erinnert, dem Ort der Seligen. Deutschland schien also auch auf diesem Gebiet das reine Paradies zu sein. Die Schlepper hatten doch nicht übertrieben. Zuerst beäugten sie zwar noch staunend die einladenden Gesten. Dann jedoch knufften sie sich in die Seiten, zwinkerten sich wissend zu und der Bann war gebrochen.

Leider ergab sich ein Missklang, denn es war meine Person, die offenbar besonders in das Visier der tanzlustigen Damenwelt geriet. Während andere Männer in meiner Nähe stehengelassen wurden, drängten sich gleich mehrere Gestalten wie Erlkönigs Töchter um mich. Mir schwante gleich dunkel, was das Merkmal war, das mich von fast allen meiner Mit-Refugees unterschied. Um weitere Peinlichkeiten im Keim zu ersticken, schlüpfte ich auf die freie Fläche und begann zum Takt der Musik mich solo zu bewegen und so viel zu bieten, wie mir möglich war. Und das war bei meiner Abneigung gegen rhythmusbetonte Musik nicht viel.

Mit Erstaunen merkte ich, dass ich die Blicke dennoch magisch auf mich zog. Der Antirassismus der Frauen wurde wohl auf eine harte Probe gestellt.

Da half nur die Flucht. Geschickt bewegte ich mich unmerklich seitwärts, und tauchte, als die Musik kurz aussetzte, schnell in die Menge, gewann Raum und wollte lossprinten. Leider unterschätzte ich den Argusblick der Schülerinnen in meiner Nähe, die mir mit schrillem Kreischen nachsetzten, mich durch die ganze Halle jagten, mich einkreisten und im Triumph in die Menge der Refugees zurückführten. Jeden Erklärungsversuch erstickten sie, indem sie mir von allen Seiten Teddybären in die Arme drückten.

Mein Ausbruchsversuch wurde auch von älteren Aktivistinnen bemerkt und nun stieg die Claudia-Gefahr. Schnell entschloss ich mich, nicht weiter für Aufsehen zu sorgen und so womöglich von einem Ableger der Engel enttarnt zu werden, sondern zunächst in der

Masse der Schutzsuchenden unterzutauchen, das Spiel mitzumachen und mich bei besserer Gelegenheit abzusetzen.

Also trottete ich folgsam wie die anderen zu den Bergen von Mineralwasser, die für uns aufgebaut waren. Da die Teddybären mich etwas behinderten, bohrte eine nette Dame mir zwei Flaschen Sprudel in beide Hosentaschen. Ein Pummelchen mit Palästinenserschal steckte mir gleich noch ein aus Filz gebasteltes Peace-Zeichen ans Hemd. Auch an den eifrigen Damen, die Sandwichs anboten, kam ich nicht vorbei. Ich tauschte die Bären in meiner Rechten gegen drei belegte Brote. Die Damen strahlten vor Glück.

Solchermaßen beladen trat ich aus dem Bahnhof. Wohin nun aber mit diesen lästigen Sandwichs? Ich hatte ja im Zug gerade erst gevespert. Da rettete mich ein Stadtstreicher, der unbeachtet mit seiner Weinflasche am Boden neben einem überquellenden Abfallcontainer saß. Er schien den ganzen Refugee-Wirbel philosophisch gleichmütig und distanziert auf sich wirken zu lassen. Ich offerierte ihm meine Sandwichs, er griff schnell zu und dankte. Zum Glück bemerkten die Damen meine subversive Aktion nicht. Bei Sabotage traute ich ihnen durchaus eine robuste Reaktion zu.

Unter dem anschwellenden Abschiedsjubel der Szene bestieg ich endlich zusammen mit dutzenden anderen einen Bus.

Ich fühlte, wie hart es für die Zurückbleibenden sein musste, dass wir wie Kometen am Himmel des dunklen Deutschlands erschienen waren und nun in die Ferne wieder entschwanden.

Später entdeckte ich im Rucksack noch eine Packung

mit Donuts, leider stark gequetscht. Ich staunte beim Auspacken, Die fettigen Teigringe waren in liebevoller Handarbeit mit Gummibärchen und Smarties beklebt worden. In Zuckerschrift stand zu lesen: „We are colour!"

Neben den Donuts lagen drei früher intakte Bio-Fairtrade-Bananen sowie ein Blatt mit einem Gedicht, Filzstift-Ottifanten und der Handynummer einer gewissen Laura. Keine Ahnung, wie das alles im Gedränge seinen Weg in meinen Rucksack gefunden hatte.

Ich saß in einer Gruppe, die sich anscheinend schon seit München kannte. Da gab es zwei Iraker, einige Afghanen, ein Ägypter und ein Pakistani. Ich fragte sie nach ihren Plänen. Aufgekratzt gaben sie Auskunft. Ihr Deutschlandbild hatte klare Konturen: „Germany good! Good house, good car." Alle nickten. „And a good woman!", ergänzte ein anderer. „Good woman?", rätselte ich.

Die Erklärung kam prompt: „The german president Angelina Jolie. She is good. She said, come to us, we need you!" Alle nickten wieder. Einer ergänzte: „And she give us 5000 Dollar! I read in Internet!"

In dieser Frage waren die Meinungen dann allerdings doch geteilt. Einige glaubten eher an 3000 oder gar nur 1000 Dollar, und ein weiterer erklärte rundheraus und sympathisch bescheiden: „House and job is enough!"

Ein Mann zog ein abgegriffenes Foto hervor und zeigte mir mit versonnenem Blick die damalige Kanzlerin Angela Merkel vor einer riesigen deutschen Fahne, fest im Arm eines verschmitzt grinsenden Refugees.

„Dat is de german flag!" Und „She is good mother of all muslims!" Neidisch äugten die anderen auf diese Reliquie, und schnell entzog er sie wieder den begehrlichen Blicken.

Ich verstummte. Die Realität schreibt manchmal die unglaublichsten Geschichten. Wie diese tickten die meisten der ins Jolie-Land Einreisenden, wie ich bald merkte.

In den folgenden Minuten schwiegen meine Kumpels, wahrscheinlich stellten sie sich das Haus und den Wagen vor, zu dem sie jetzt geleitet wurden. Ich ahnte, dass das nur mit einer bitteren Enttäuschung enden konnte.

Sechstes Abenteuer:
Ein Kessel Buntes

Nach kurzer Fahrt hielt der Bus neben fünf anderen vor einer großen Sporthalle. Auch hier standen schon Helferscharen bereit, allerdings nun meist Menschen in unterschiedlichen Uniformen und mit ernsten, konzentrierten Gesichtern. Von Jubel keine Spur. Ihr Blick schien zu sagen: Fete ist Fete, Dienst ist Dienst.

Ein Aufruhr brach los, als sich eine offenbar konkurrierende Gruppe von Helfern näherte. Sie forderten energisch, einen Teil der Schutzsuchenden für die benachbarte Schulturnhalle zu bekommen. Dort habe man schon 50 neue Kühlschränke, 10 Herde und 30 Duschkabinen installiert und jetzt drohe man leer auszugehen. Man solle doch nur einmal an diese Investitionen denken! Doch es half nichts. Unsere Betreuer setzten sich durch und geleiteten uns zügig und geschäftsmäßig in das Innere. Mobiltelefone quäkten, Uniformierte gaben Handzeichen, wichtige Chefs schwirrten herum. Was würde „good Germany" für uns bereit halten? Vielleicht würden Daimler- oder Bosch-Beauftragte Jobangebote unterbreiten?
Dann standen wir in der Halle. Der Eindruck war niederschmetternd.
In langen Reihen waren hunderte Stockbetten aufgestellt, dazwischen Tische und Stühle und irgendwelche Container, alles unterteilt von Vorhängen. Etwa die Hälfte der Halle war schon belegt, es herrschte ein unüberblickbares Getümmel, das sich von Minute

zu Minute verstärkte.

Ich spürte sofort: Aus dem Reich der Freiheit, der schweifenden Begeisterung war ich jäh in das Reich der Notwendigkeit geworfen worden. Schon der selbst für mich schier unaussprechliche Name dieser Einrichtung kündete davon: Asylbewerberlandeserstaufnahmestelle.

Auch meine Kumpels stutzten. Wo waren die Häuser? Aber bald beruhigten sie sich wohl, die Häuser würden morgen kommen, die Deutschen mussten sie wahrscheinlich noch besser vorbereiten, sie konnten zwar fast alles und fast sofort, aber eben nur fast. Man musste ihnen auch Zeit lassen und durfte ja auch nicht zu anspruchsvoll sein.

Hinter uns drängte schon die nächste Busbesatzung durch die Türen und zögernd verteilte sich alles auf die Betten. Ich blieb bei den Angelina-Jolie-Fans und belegte ein Bett in einem Achterabteil. Sie nahmen mich gern auf, seit sie gemerkt hatten, dass ich deutsch konnte.

In wenigen Minuten war der riesige Raum von einem unbeschreiblichen Lärm erfüllt. Hinter dem Vorhang links schrien Kinder, auf der anderen Seite steigerte sich ein lautes Gespräch zu einem Streit, anderswo lachte man dröhnend und dazwischen krächzten Lautsprecherdurchsagen auf Deutsch und Englisch.

Ich begann zu zweifeln, ob die Idee, hier unterzutauchen, wirklich gut war. Obwohl: Immerhin gab es hier keinerlei Kontrolle, Überblick oder Ordnung. Wer hier ein- und ausging, wusste wohl niemand. Insofern war eine solche Halle wie geschaffen für Untergrund-Existenzen wie mich.

Das hier war ein staatlich organisiertes Chaos, ein

Schwarzes Loch mit Amtsstempel. Mein Deutschlandbild erhielt daumenbreite Risse, galten mir doch bisher die Deutschen nicht nur als tiefgründige Denker, sondern auch als konkurrenzlos gründliche Organisatoren. Offenbar hatte die Leichtigkeit des Seins und der Charme des zügellosen Hippietums ausgehend von der damaligen Kanzlerin auch nach ihnen gegriffen. Ein Blick unter die Betten, in die Gänge und die Toiletten bestätigte dies: Hier zählten nur die inneren Werte, Dreck und Abfall konnten das Bild gelingender Humanität nicht antasten.

Die nächsten Stunden waren dennoch für mich schrecklich. Wir mussten uns eine recht zügig heruntergelesene Rede über die Hausordnung anhören und wurden dann in langen Reihen an provisorischen Küchenanlagen entlang geschleust. Frauen teilten Hühnerfrikasse mit Reis aus und riefen in einem fort: „Wissaut pork!" Es schmeckte mir gar nicht schlecht. Solchermaßen abgefüttert bekamen wir drei Minuten Dusche, vor der wir eine Stunde anstanden, weil das Warmwasser streikte. Nachmittags waren wir uns dann selbst überlassen, die Belehrung, Betreuung und Versorgung pausierte.

Ich schlenderte etwas herum, um aus erster Hand Eindrücke von dem Großexperiment der offenen Grenzen zu sammeln, das, wie ich wusste, die Berliner Regierung in jener Zeit tollkühn gewagt hatte und mit der sie, wie sich später zeigte, in die Geschichtsbücher eingehen sollte.

Zuerst geriet ich an einen jungen Iraker, der sich recht schnell als Schwuler vorstellte und sich glücklich pries, in einem homophilen Land angekommen zu sein. Er hätte den deutschen Boden küssen können, wie er glaubhaft versicherte. Er freute sich schon auf den Christopher Street Day in Köln und das multikulturelle Kreuzberg in Berlin, wo alle friedlich und bunt zusammenlebten, wie er gehört hatte.

Leider hatten seine Abteilkumpel etwas mitbekommen und ihm gleich einmal seine Tasche ausgeleert, so dass er auf allen Vieren am Boden herumkriechen musste, um alles wieder einzusammeln. Seine Peiniger amüsierten sich dabei köstlich und traten nach ihm. Sie hatten ihm erklärt: „Wenn du eine Frau sein willst, dann musst du eben für uns putzen." Aber lachend tat er das ab: Das hier sei ja nicht wirklich Deutschland. Ich konnte ihm nur alles Gute wünschen und ging weiter.

Meine nächste Bekanntschaft war der Afghane Belal, das Kontrastprogramm zum schwulen Iraker.

Nachdem ich sein Vertrauen gewonnen hatte, eröffnete er mir ganz stolz, wie er nach Deutschland gekommen sei. In Kabul gebe es Asyl-Reisebüros, bei denen man seine Reise nach Europa buche. Drei Klassen würden angeboten: In der Economyklasse gehe es auf LKWs über die Türkei nach Deutschland, die Reise sei lang, beschwerlich und unsicher, dafür der Preis mit 8000 € erschwinglich. Auch er habe diesen günstigen Tarif gewählt. Ich fragte nach dem Durchschnittsverdienst in Afghanistan: 400 € im Jahr. Arm konnte Belal also nicht gewesen sein, was er auch nicht behauptete. Aber für die besseren Tarife reichte es nicht.

Da gebe es die Business-Class für ca. 13000 €, bei der der Kunde mit Auto und Hotelübernachtungen befördert würde. Gar nicht zu denken war in seinem Fall an die Komfortvariante mit deutschem Pass und exzellent gefälschtem Visum, dazu ein Flugticket über die Türkei nach Deutschland, Kostenpunkt 25000 €. Belal erläuterte, wie alle Reisenden vor der Abfahrt eine ausgearbeitete „Fluchtgeschichte" erhielten, mit individuellen Fluchtgründen und sogar den Namen von Zeugen, die bei Bedarf in Deutschland die Fluchtgründe bestätigen würden. Das Versprechen „Garantiert Asyl in Deutschland" gelte auch für ihn, er sei da ganz sicher, lachte Belal.

Gerade sei sein Asylanwalt dagewesen und habe mit ihm alles durchgesprochen. Dr. Leisegang sei ein echter Profi, er mache nichts mehr anderes, habe schon zwei Kompagnons eingestellt, die Asylpraxis sei voll ausgelastet. Sie hätten schon für alle Fälle den Gang durch alle Instanzen geplant, die staatliche Prozesskostenhilfe zahle das, also keinerlei Risiko. Und wenn am Ende doch mal etwas schieflaufe, mache Dr. Leisegang eben weiter mit dem mehrmaligen Aufschub der Abschiebung, volles Programm. Dann schalte er auch Proasyl, die Grünen, die Kirchen und die Refugee-Supporterszene ein, denen und ihren Sympathisanten in der Presse sei kein Richter gewachsen.

„Die kriegen mich nicht mehr los!", grinste Belal. „Gekommen um zu bleiben! Und wenn's eng wird, gehe ich kurz nach Belgien und reise wieder ein. Wird ja nie kontrolliert. Europa ist super!" Er deutete an, dass Kumpels durchaus auch mal drei, vier oder noch mehr Identitäten hätten.

Verstört ging ich und traf bei der Mineralwasserausgabe auf eine vierköpfige junge Familie mit auffällig stillen Kindern. Ich setzte mich in die Nähe und bald sprachen die Hemidis in gebrochenem Französisch von ihrem Schicksal, in seltsam ruhigen, trockenen Worten. Die Frau hielt einen Jungen im Arm, der kleine Mann umfasste sie. Daneben saß ein Mädchen und starrte bewegungslos auf seine knallroten Gummistiefel. Der Mann presste die Lippen aufeinander, wenn er nicht sprach.

Schon nach wenigen Sätzen war mir klar: Diese Menschen waren durch die Hölle gegangen. Sie zeigten ein zerknittertes Blatt des UNHCR im Libanon: Großvater, Großmutter und ein Kind waren bei einem IS-Angriff getötet worden, das Mädchen hatten sie unter einem brennenden Balken hervorgezogen. Wer ihnen Hilfe versagen wollte, musste ein Herz aus Stein haben. Nun drohten sie allerdings unter den vielen robusten Kerls in der Halle verloren zu gehen. Das Ehepaar war mit den Nerven am Ende.

„Diese Halle ist schlimm. Ganz ehrlich, hier sind viele Leute nicht gut. Drängen sich überall vor. Meinem Jamal haben sie das Dessert gestohlen, mir das Smartphone. Wölfe, Wölfe ..." Frau Hemidi kämpfte mit den Tränen. „Wenn wir das gewusst hätten!"

„Und die Securityleute?", fragte ich ahnungslos.

Sie lachten nur freudlos: „Keine Chance. Können nichts machen bei dem Durcheinander hier oder wollen nicht. Manche sind genauso schlimm. Ich kannte einen Flüchtling hier, ein fieser Kerl, der kam eine Woche später als Wachmann mit Uniform hier an und schnauzte herum. Wann helfen uns die Deutschen? Wo sind wir sicher?"

Da wurden wir unterbrochen von einem denkwürdigen Schauspiel. Vom Eingang her kam eine große Gruppe von halbwüchsigen Mädchen in die Halle,

alle mit Gummistiefeln, Schürzen, Kopftüchern, Wassereimern und Wischlappen ausgerüstet. Ich hörte ihr Gespräch mit den Wachleuten am Eingang mit, wir saßen direkt daneben.

Die Mädchen boten treuherzig und freudestrahlend ihre Hilfe an. Sie hätten sich am Morgen in der Schule verabredet, ihr Wunsch sei, den Traumatisierten und Schutzsuchenden zu helfen. Die Securityleute schauten etwas ratlos, erklärten, dass die Leute selbst sauber machen könnten und dass außerdem schon eine Reinigungsfirma eingeschaltet sei, aber die Mädels ließen sich nicht mehr abschütteln. Als einigen gar Tränen kamen, weil ihr Herzenswunsch zu scheitern drohte, ließ man sie gewähren.

Erleichtert stürzten die jungen Damen sich ins humanitär-sanitäre Geschäft, baten die junge Männer höflich um Einlass in die Abteilungen, durchkämmten systematisch alles und krochen, wenn es sein musste, auch unter die Betten, um bis in die Winkel für menschenwürdige Sauberkeit zu sorgen.

Besonders begehrt war die Toilettenreinigung, weil hier ein knochenharter Job zu tun war, wie ich nach meiner ersten Pinkelpause in dieser Halle erkannt hatte. Mit Elan verschwanden die Mädels in den Pissoir-Räumen und kehrten müde, mit gerötetem Gesicht und leuchtenden Augen zurück.

Männer, die helfen wollten oder abwinkten, wurden freundlich aber energisch abgewimmelt. Nach einer Stunde hatte weiblicher Sinn für Schönheit und Ordnung gesiegt und tief befriedigt zog die anmutige Putztruppe von dannen.

Manche Männer sahen ihnen nach. Sie konnten es schlichtweg nicht fassen, nach welchen vollständig unergründlichen, bizarren Regeln dieses Land tickte, in das sie da geraten waren.

Abends veränderte sich die Atmosphäre in der Halle, das spürte ich. Ich saß gerade bei einem Kaffee in der provisorischen Kantine und fragte einen aufgeweckt aussehenden Einreisenden.

„Na, heute Abend ist hier Fete!"

Ich kam mit dem Mann, der sich Jawad nannte, ins Gespräch, er wurde immer mitteilsamer, und was ich dann hörte, war außergewöhnlich. Er war Pakistani, studierte in Mailand und hatte Probleme mit seinem Daddy, einem höheren Beamten.

„Dem studiere ich zu lang, ihm passt mein Umgang nicht und blablabla. Schickt nur noch den halben Scheck. Was soll ich machen? Die Italiener geben mir nichts, aber Mutti Merkel. Ich fahre also einmal im Monat mit dem Flixbus nach Frankfurt, kostet 60 Euro. Gute Papiere habe ich ja von meinem Daddy. Habe mich hier angemeldet, bekomme mein Asylgeld, übernachte in der Halle und morgen früh fährt der Bus zurück. Ich komme immer am Donnerstag, wenn hier Fete ist. Im Bus kann ich ausschlafen." Er grinste mich augenzwinkernd an.

„Mein Plan ist, das Ganze als Geschäft aufzuziehen, hier in der Halle die Touren anzubieten, z. B. nach Köln oder Essen. Die meisten hier haben es noch nicht so raus."

Er hielt ohnehin wenig von den Kumpels hier.

„Ich fasse es nicht. Die Nordafrikaner machen die Schwarzafrikaner für den Gestank verantwortlich. Weil sie keine Muslime seien und sich nie waschen würden. Auf meiner vorletzten Runde konnte ich kaum schlafen. Ein Marokkaner im Bett über mir hat die ganze Nacht Pornos auf seinem Smartphone geschaut und dabei ... na du weißt schon. Als ich was sagte, bekam ich eine Faust ins Gesicht. Was denkst du, wie hier gedealt und gestohlen wird. Und die Deutschen lassen alles laufen. Klar, meine Masche ist ja auch im halbroten Bereich. Aber da sag ich mir: Den einfältigen Deutschen ihr vieles Geld zu lassen, ist ja geradezu fahrlässig, wer weiß, für welchen Unsinn sie es verwenden. Ich weiß besser, wie man es sinnvoll anlegt. Aber bei Drogen und Gewalt mach ich nicht mit! Geht gegen meine Ehre!"

Wir verließen die Halle und folgten dem wummernden Bass der Musik, der aus einem benachbarten Saalbau drang. Hier waren Helfer fleißig gewesen, um Integration, Kommunikation und Lebensfreude zu fördern. In einer Hälfte der Halle war mit Vorhängen eine Tanzfläche abgegrenzt, in der anderen Hälfte waren Plastik-Topfpalmen aufgestellt und mit runden Stehtischchen und einer langen Bar eine Art Clubsimulation erschaffen worden. Draußen dämmerte es schon, die grellen Neonlichter an der Hallendecke hatte man gelöscht und alles in rötlichen und bläulichen Schein getaucht.
Junge Männer und etliche Frauen verschiedener Altersstufen bevölkerten den Raum. Es wurden immer mehr, der Lärmpegel stieg.
„Was sind das für Frauen?", rief ich ganz direkt Jawal ins Ohr. Der grinste vielsagend: „Aus der Halle so gut wie keine, du verstehst schon. Helferinnen, Aktivistinnen und Schülerinnen, wirklich nett und gut drauf."

Im Gedränge fielen mir Securityleute auf, die immer zu zweit betont lässig herumschlenderten. Jawal klärte mich auf, und erneut war ich sprachlos angesichts der innovativen und ausgeklügelten Vorkehrungen im Deutschland jener Jahre.

„Die nennen das ‚Awarenessteams'. Zu denen können Frauen gehen, wenn sie belästigt werden. Wenn sie eingeschüchtert sind und es nicht so direkt sagen wollen, gibt's hier das Codewort ‚Ist Luisa hier?', das heißt dann: Grabscher-Angriff!"

Der Abend begann, eine ältere Dame mit roter Kurzhaarfrisur sprach begrüßende und lockere Worte, und dann wurde die Musik wieder hochgefahren, man tanzte, trank und redete mit- und durcheinander im schummrigen Licht.

Ich lernte viele Jungs hier als laute, fidele Zeitgenossen kennen, mit denen man endlos herumalbern konnte. Andere waren eher verschlossen und misstrauisch. Groß war bei fast allen ihre Ahnungslosigkeit, noch größer ihre Selbstüberschätzung. Einer gestand lachend, er habe vor seinem Transit durch Österreich noch nie von der Existenz eines Landes namens „Austria" gehört. Trotz oft fehlender Schulerfahrung waren viele sicher, dass sie studieren würden und löcherten mich, als ich mich als Student outete.

Nun, der Abend endete nicht so harmlos, wie er begonnen hatte. Ich erspare mir auf diesen Seiten eine detailreiche Darstellung der unappetitlichen und haarsträubenden Vorkommnisse und liste lediglich auf: drei Männer drängten ein Mädchen in einen Nebenraum, von wo sie dann fliehen konnte. Ein Mann schlich sich von hinten an eine Frau heran und bearbeitete sie mit Zunge und Händen und ein weiterer wurde von einer Helferin dabei ertappt, als er einem jungen Mädchen hinter einem Vorhang den Rock auszuziehen versuchte.

Bei diesem letzten Fall kam allerdings eine Frau dazu, eine offenbar resolute Dame, die dem Täter in den Arm fiel und ihn mit Schwung zurückstieß, so dass er zu Boden ging. Sie schrie ihn an, einer Rachegöttin gleich.

Jawal und ich waren gleich vor Ort und bekamen alles mit. Das Opfer stand stumm und verwirrt an der Seite, die Hände vor die Brust gedrückt. Die rothaarige Frau mit Hornbrille, großen Ohrringen und Stiefeln war jedoch nicht mehr zu bremsen. Sie gestikulierte wild, drehte stimmlich voll auf und nannte den verblüfften Täter abwechselnd „Machoschwein", „erbärmliches Würstchen", „Loser" und „Abschaum". Dann wiederholte sie alles auf Englisch, wohlgemerkt auch dann noch in fortissimo furioso.

Ich verstand sie sehr gut und hatte Hochachtung vor dem Mut, der Energie und dem Zorn dieser Frau, aber nicht alle sahen das so. Anfangs spürte man, dass die meisten Männer auf ihrer Seite standen, aber spätestens bei dem Machoschwein kippte bei vielen die Sympathie.

Wütende Rufe erschollen aus den Reihen der Zuschauenden, böse Blicke trafen die Rothaarige. Auch einige der Helferinnen redeten halblaut auf die Frau ein: „Jetzt mach doch kein Drama, Veronika. Sind doch Missverständnisse. Wenn das die Rechten mitkriegen."

Ratlos standen Securityleute herum. Ich flüsterte einem zu, er solle einschreiten, aber er flüsterte zurück, dass man im Sinne der Deeskalation da nichts machen solle.

Ich stupste Jawal an und gemeinsam führten wir die Frau aus der Gefahrenzone. Erschöpft sank sie in der Kantine der Haupthalle auf einen Stuhl und schüttelte stumm nur immer und immer wieder den Kopf. Nach längerer Zeit hatte sie sich gefangen. Wir redeten noch eine ganze Weile.

Veronika war seit Jahrzehnten Frauenrechtlerin. Sie seufzte: „Da kommt wohl ne ganze Menge Mittelalter und Paschakultur ins Land. Das macht alles kaputt, was wir seit 68 aufgebaut haben. Geht so nicht weiter.“

Damit war klar: Zum Willkommensclan gehörte sie wahrlich nicht. Am Ende dankte sie uns, wie tauschten Adressen und sie rief ein Taxi.

Nach diesem Erlebnis war die Partylaune bei mir verflogen. Dass später in Köln und an vielen weiteren Orten die Übergriffe auf deutsche Frauen sich häuften, dass viele Mädchen und Frauen anfingen, sich abends ihre Wege genau zu überlegen oder sich begleiten zu lassen, ahnte ich damals noch nicht.

Genauso exotisch kam mir später vor, dass Politikerinnen die Exzesse herunterspielten und eine Armlänge Abstand oder Flirtkurse empfahlen. Erneut staunte ich über diese vormodernen Gebräuche der Stämme Mitteleuropas, über diesen skurril-närrischen Abwehrzauber, den es ansonsten nur noch bei versprengten schamanistischen Kulturen gibt.

Ich kroch unter meine Decke und versuchte zu schlafen, die ganze Nacht von Geschrei, Geklapper und Gerede in den Nachbarabteilen gestört.

Ich schwor mir, dass dies die erste und letzte Nacht in

dieser Einrichtung sein sollte. Beim Einschlafen rumorte ein alter Mann mit Glatze, Spazierstock und Pudel in meinen Gedanken. Er raunte mir grinsend zu: „Es wäre besser, die Welt wäre nicht."
Erst gegen Morgen konnte ich Schopenhauer abschütteln.

Siebtes Abenteuer:
Berlin – voll das Leben

Im Lärm von 500 erwachenden, herumlaufenden und Musik hörenden Mitbewohnern kroch ich am Morgen aus dem Stockbett. Mein Entschluss, auf Senckenberg und Kaiserdom zu verzichten und sofort abzureisen, war in Erz gegossen. Ich sagte meinen Angelina-Jolie-Freunden Lebewohl und verließ die Halle. Niemand nahm von meiner Abreise Notiz.

Bald war ich am Hauptbahnhof angekommen, der nun wieder ganz ohne Volksfest und tanzende Damen eher alltäglich wirkte.

Ich studierte gerade die Fahrpläne, als ein Unbekannter neben mir auftauchte und mich mit breitem Grinsen ansprach. Um es kurz zu machen: Jonathan aus Ghana war der verrückteste, pfiffigste und großzügigste Mensch, den ich in Deutschland kennenlernte. Er kam aus Berlin und hatte irgendjemand in Frankfurt besucht. Für die nächsten Wochen waren wir unzertrennlich.

Zuerst bummelten wir einen halben Tag in Frankfurt herum, besuchten noch einen weiteren Bekannten und dann schleppte Jonathan mich in einen Zug nach Berlin.

Während der Fahrt erzählten wir uns unsere Geschichten und alberten herum.

In Berlin angekommen, schleuste Jonathan mich durch die Stadt und verschaffte mir spätabends noch einen Schlafplatz in einem besetzten Kulturzentrum in Kreuzberg, dem bundesweit bekannten, umstrittenen „RespectNow!", in dem er schon längere Zeit wohnte. Als Asylbewerber kannte er sich bestens mit Überlebensmöglichkeiten im Dschungel deutscher Großstädte aus.

Als ich am nächsten Tag auf einer Matratze erwachte, stand ein etwa vierzigjähriger Mann im blauen Anton vor mir.
„Allet cool in Istanbul? Kollege, hier schickt Chef Jonathan ein Frühstück. Er musste weg und Hausmeister Manni spielt die Kaltmamsell."
Vor mir am Boden lag auf Papier ein Käsebrötchen, ein Pappbecher Kaffee stand daneben. An der Wand mit der abblätternden Tapete las ich den aufgesprühten Schriftzug: „Fuck Germany". Das alles kam mir so unwirklich vor. Ich schüttelte ungläubig grinsend den Kopf.
„Nu, da freut sich einer wie ein Schnitzel. Det is jut. Wer lacht, hat noch Reserven. Ich muss weiter. Und immer daran denken: Jetzt sind die guten, alten Zeiten, von denen du in zehn Jahren schwärmst."
Manni verschwand pfeifend. In einer Minute hatte dieser Hausmeister es geschafft, bei mir einen bleibenden Eindruck zu hinterlassen.

Bald lebte ich mich in dem Haus mit seinen Hunderten von oft schnell wechselnden Bewohnern ein, auch wenn vieles für mich gewöhnungsbedürftig war. Unter dem Dach des heruntergekommenen, weitläufigen Gebäudes, des ehemaligen Kinderheimes „St. Fredegundis", gab es den Trakt mit den Asylantenunterkünften, das Geschoss mit dem linksalternativen Kulturverein samt Theatergruppe „Gegengift" und dann noch das Geschoss mit den geduldeten Flüchtlingen aus Lampedusa. Im Anbau hatten sich Roma aus Bulgarien eingerichtet.

Zusammen mit Jonathan logierte ich in einem der ehemaligen Kinderzimmer. Eine Wand war noch bemalt mit einer naiven Darstellung von zwei adrett gekleideten Jungen mit blütenweißem Hemd und Krawatte sowie einem Reh auf einer Waldlichtung im Abendsonnenschein.

„Mensch, Calvin, schau mal, wir zwei, nur das Reh fehlt", ulkte Jonathan, während er mir eine Tasse seines frisch gebrauten höllisch starken Kaffees herüberschob. „Professor, hör mal, du bist jetzt hier ganz gut gelandet, aber ich glaub, ich muss noch ein wenig auf dich aufpassen. Also: Man kann hier ganz gut leben, wenn man gewisse Regeln einhält und sich auskennt. Aber: Jeder Fehler kann ins Auge gehen. Merk dir vor allem: Die Schlimmsten hier sind erstens die Dealer im Trakt B, zweitens die finsteren Typen um den Shahadi-Clan. Diese zwei sind die Krätze. Die Hölle sind aber die Kultur-Leute."

Ich staunte, doch Jonathan fuhr ungerührt fort.

„Vor allem die Frauen. So etwas wie die kannst du nicht einschätzen. Ein Dealer, ein Rechtgläubiger, gut, das kennt man. Sucht ist Sucht, Geschäft ist Geschäft. Aber diese Künstlerinnen – die ticken rückwärts. Oder quer. Eine falsche Bewegung bei denen, und du hast keine Chance. Is wie ne Qualle, nur mit Gelaber. Und dann bist du tot."

Das nun kam mir allerdings schon etwas vertrauter vor und ich stimmte zögernd in Jonathans Lachen ein.

Wenige Tage später erfuhr ich, was Jonathan mit diesen spitzen Bemerkungen gemeint hatte. Jenny, eine der Künstlerinnen, war auf mich aufmerksam geworden und hatte mich abends zu einem Kunstfestival des Migrationsnetzwerks „MigraNet" in Kreuzberg eingeladen. Zuvor las ich den Flyer, zugleich meine erste Begegnung mit den damaligen Errungenschaften der konsequenten Genderisierung: „NewEuropeInMotion – Künstla, Performa und Autora in Action – No Borda, no limit – New WoManx für Berlin".

In einer alten Industriehalle präsentierte die Leiterin Nastya De Belle, früher offenbar Nazan Dözel gerufen, wahrhaft kühne Events. Das Rahmenprogramm umfasste eine Installation mit Schaufensterpuppen, denen Arme, Beine und Rumpf durch brandrot eingekerbte Schnitte überzogen waren. „Europe's Cold Cuts – Killing Softly the Souls of Migrants" erklärte das Plakat. Proseccoschlürfend und gramgebeugt lustwandelten die kunstsinnigen Gäste durch das fatale Szenarium.

Dann trat der Action-Performer Elias Zakera auf und stellte bei einem Stehempfang dem höchst aufgeschlossenen Publikum sein neues, bahnbrechendes Projekt vor. Ich sehe ihn noch lebhaft vor mir, wie er lächelnd und dezent geschminkt im Scheinwerferlicht stand. Nach einer langen Sprechpause setzte er an: Er erklärte, ein Jahr lang jeden Tag mit einem anderen Migranten Sex zu haben, um Entfremdung, Ausgrenzung und Verzweiflung junger Migranten 365 mal am eigenen Leib zu demonstrieren. Videoaufzeichnungen und Blogeinträge würden das Erlebte ungeschönt aufzeichnen.

Das Publikum hielt, die Sektgläser in der Hand, den

Atem an. De Belle ergriff das Wort und erläuterte, dass durch den jungen, mutigen Zakera neue Dimensionen künstlerischer Dekonstruktion gewagt würden. Als sie unter dem Beifall der Zuhörer noch anführte, dass sowohl die Heinrich-Böll-Stiftung als auch die Anti-Aids-Kampagne und die Afrika-Brücke die Zakera-Performance unterstützten, war meine Zurückhaltung am Ende.

Ich wagte den Eklat, schüttete De Belle und Zakera hochdramatisch, wie ich heute zugeben muss, den Sekt vor die Füße, titulierte sie mit einem Tiernamen aus dem Urwaldbereich, den ich hier auslasse, und machte den Abgang quer durch die Menge, die vor dem Spielverderber, dem schwarzen Peter, verblüfft oder wütend zurückwich. Seither war meine Beziehung zu Jenny und der ganzen hauseigenen Künstlertruppe etwas gespannt.

Jonathan eröffnete mir, während wir am nächsten Tag durchs Gebäude streiften, tiefe Einblicke in das hochinteressante Biotop dieser Gemeinschaft, die hier unter dem wohlwollenden und väterlichen Auge des Berliner Senats sich aus aller Herren Länder zusammengefunden hatte. Nun, ich bekenne: Oftmals im Leben ist es schwer, keine Satire zu schreiben, und auch in der Erinnerung an meine Zeit im „Respect-Now!" wandelt mich hin und wieder eine fatale Lust an der Übertreibung und bizarren Zuspitzung an. Doch stets aufs Neue rufe ich mich zur Ordnung, so dass diese Blätter nichts als die reine Wahrheit enthalten.

Die Wochen an der Sassnitzer Straße kommen mir nach all den Jahren wie eine Achterbahnfahrt mit vorbeihuschenden düsteren Umrissen, grellen Lichtblitzen im Takt eines betäubenden, wummernden Rhythmus, wie eine Nacht voller Blut, Schweiß, Gestank und Tränen vor. Doch unerschütterlich standen in all diesem Chaos einige Menschen aufrecht, die mir ans Herz wuchsen: Jonathan, Sigrid, Elias, Sami und Manni.

Jonathan schien mit vielen im Haus gut Freund zu sein, kein Wunder bei einem solch kommunikativen Naturtalent. Während er jovial einem Burschen mit pockennarbigem Gesicht auf der Treppe zuwinkte, klärte er mich weiter auf: „Merk dir: Hier hassen sich alle. Und das wissen sie auch. Nur die Künstlerinnen glauben, alle zu lieben. Is so. Aber egal: Man lebt hier, und was will man mehr? Die Stütze hast du pünktlich. Heute lebt man, morgen auch – und was dann kommt? Geschenkt! Is Gold gegen mein Drecksloch in Ghana, wo ich stinkende Ziegen füttern müsste. Also: Kein Stress!"

Ich begegnete bald Charles, einem schlanken jungen Mann, nicht unsympathisch, wenn auch haltlos und extrem leicht erregbar.
Er war vor drei Jahren aus Nigeria über Spanien in die Schweiz gekommen und hatte sich, von Asylhelfern beraten, als minderjährig ausgegeben. Über sein Herkunftsland hatte er den Behörden gegenüber Stillschweigen bewahrt und die Schultern gezuckt. Er bekam einen Rechtsbeistand und die Unterstützung einer Hilfsorganisation. „Da war was mit Drogen. Und Stress mit der Polizei. Eine Polizistin kommandierte mich herum. Keine Ahnung, wieso sie dann am Bo-

den lag. War Rassist!" Sein Asylantrag wurde abgelehnt, doch der Anwalt handelte Aufschub aus. Der Jurist arbeitete emsig und offenbar höchst erfolgreich. Charles durfte auf Staatskosten nach Togo fliegen, zu seinem alten Vater, Familienurlaub. Nach einem halben Jahr: Ablehnung und Androhung der Abschiebung: wieder „Rassist!". Charles nahm seine alten Geschäfte wieder auf, wofür die Staatsmacht allmählich kein Verständnis mehr aufbrachte, wurde verurteilt („Rassist!"), Bewährung. Inzwischen wurden von Amts wegen Afrikaexperten beauftragt, mit einem Gutachten Charles' Herkunftsland herauszufinden.

Nachdem eine Packung Ware aus seinem Hosenbein gezogen worden war, drohte jetzt eine Haftstrafe. „Die machten mich so nervös. Fingerten an mir herum. Voll Rassist. Da hab ich dem Typ was gesagt, ich weiß nicht mehr was." Dann noch die Sache mit der Frau. Ich möchte sie auf diesen Seiten nicht ausbreiten, aber die Anschuldigung war weitgehend. „Wie die sich angezogen hatte, schamlos. Verdiente Prügel." Wie seine Hand unterhalb der Unterwäsche dieser Frau landete, konnte er nicht erklären. „War Schlampe. Und …"

„Rassist?", fragte ich und Charles sah, dass ich ihn zu verstehen begann.

So musste er 30 Sozialstunden ableisten und in der Küche vom Asylheim helfen. Nun waren die Experten so weit, ihm nachzuweisen, dass er aus Nigeria komme, und man drohte mit Ausschaffungshaft. Charles gab nun zu, Nigerianer zu sein und man setzte ihn mit 1000 Franken Rückkehrergeld ins Flugzeug. Charles hatte mal ausgerechnet, dass er der Schweiz 200000 Franken gekostet hatte. Aber die seien ja auch reich, kassierten das ganze Geld von den Bankgangstern, sein Geld seien „Peanuts". Er stieg in Athen wieder aus dem Flugzeug. Für das gute Geld aus seinen Geschäften leistete er sich einen wirklich tadellosen, neuen Ausweis. Und kam hierher, seither flippte er herum und hing im „Görli", dem Görlitzer Park, mit seinen Drogenbriefchen ab. Er fühlte sich hier ganz wohl. Charles war ein typischer Fall. Der ganze Gang hinten im dritten Geschoss war voll mit solchen. Jonathan musste da immer mal wieder nach dem Rechten sehen.

Dann lernte ich Elias kennen, einen stillen, kleingewachsenen jungen Mann, der mit Sami, seinem Kumpel, in einem Zimmer ganz hinten im Obergeschoss wohnte. Sie waren Christen aus dem Libanon, waren einem Massaker entkommen, als Muslime eine Kirche angezündet hatten. Ich sehe sie vor mir, wie sie die Tür hinter mir abschlossen und noch einen besonderen Riegel vorschoben, mit scheuem, fast entschuldigendem Lächeln in meine Richtung. Auch nachts hielten sie abwechselnd mit drei anderen in ihrem Zimmer Wache, weil sie schon oft überfallen worden waren. Man hatte sie als „Christenschweine" gedemütigt, hatte ihnen das Bettzeug angezündet und Lebensmittel gestohlen. Sie lachten bitter, als ich nach der Polizei fragte.

„Ich sage es, wie es ist. Wir sind die einzigen echten Asylanten hier. Und genau deswegen hassen sie uns."
Elias war offenbar tiefgläubig, er hatte einen kleinen kitschigen Marienaltar neben seiner Matratze aufgebaut. Sami war schwermütig. Er sprach voll Dankbarkeit von der Aufnahme in Deutschland, aber er hatte

ein geradezu mörderisches Heimweh. Er kam mir wie ein junger Ölbaum vor, der mit einem Bagger aus dem Mutterboden gerissen worden war und nun in einer fremden Erde unter einem fremden Himmel verkümmerte. Wenn er von seiner Heimat erzählte, blutete mir das Herz.

Er beschwor mit einfachen Worten das Dorf an der Mittelmeerküste herauf, die schwere dunkelrote Erde des Gartens, die Orangenbäume in Blüte, den Duft der Pinienwälder am Meer, und die alten Geschichten, die seine Großmutter erzählte. Ob er je unter dem kühlen Berliner Himmel Glück finden würde? Mir fiel das Gedicht „Bald holt Vergangenheit mich ein" von Hans Sahl ein, deutscher Exilautor während der Nazizeit, das ich in Susannes Koffer gefunden hatte. Ich fand es tatsächlich anderntags in der Stadtbibliothek.

„Kein deutsches Wort hab ich so lang gesprochen.
Ich gehe schweigend durch das fremde Land.
Vom Brot der Sprache blieben nur die Brocken,
Die ich verstreut in meinen Taschen fand.

Die Bilder der kamerunischen Landschaft, meiner eigenen Heimat, stiegen in mir auf, der feuchte Dunst am Morgen über dem tropischen Wald, die Sonne über dem Meer bei Kribi ... Ich gab mich den Erinnerungen hin.

Ob die Menschen wirklich geschliffene Billardkugeln werden sollten, über das ganze Erdenrund geklickert?

Über die beiden jungen Christen lernte ich auch Sigrid kennen, eine pensionierte Lehrerin, mit schweren

Tränensäcken unter den Augen und grauem Zopf an der Seite, die ehrenamtlich Deutschkurse gab. Wenn sie kam, marschierte sie erst einmal die Gänge entlang, löschte das stets unnötig brennende Licht und rief in die Zimmer, dass sie da sei und dass der Kurs beginne. Über ihre Jungs führte sie ein strenges Regiment. Sie holte sie manchmal einzeln aus ihren Zimmern, warf die Joints aus dem Fenster und schleppte sie zum Unterricht. Ich fragte sie, warum sie sich die Mühe machte.

„Man kann die Welt oder sich selbst ändern. Das zweite ist schwieriger."

Sie hatte keine Illusionen über ihre Schüler. Einmal sagte sie ihnen, dass es in Deutschland den Achtstundentag gebe. Ihre Schüler lachten sie aus. Das könne nicht sein, kein Mensch, nicht mal ein verrückter Deutscher, könne so lange arbeiten. Das wäre doch dann auch kein Leben, das für sie in Frage käme.

Sigrid versuchte sie zu erziehen, zupackend, zäh und unerschütterlich, lehrte Sprache, Kultur, Weltweisheit und Benimm im Alltag.

Die meisten Jungs waren harmlose Filous, die Spaß und Action wollten, laut, undiszipliniert, froh, der Kontrolle durch den Clan entlaufen zu sein. Einen Plan hatte fast keiner von ihnen.

Nur Dada stach heraus. Er fragte, lernte und plagte sich verbissen mit dem Stoff. Er wollte auch innerlich in Europa ankommen. Einmal erzählte er mir, dass sein Vater noch nie im Leben etwas vom Gesicht der Mutter gesehen habe, außer den Augen in dem Stoffschlitz der Umhüllung. Auch nicht im Schlafzimmer. Das sei bei ihnen so üblich. „Ein Mann hat dort Söhne, Ziegen und eine Frau."

Mir gingen die Augen auf, als ich Sigrid beim „Kurs für kulturelle Orientierung" half. Wir hatten Pappschilder mit Begriffen vorbereitet, und unsere Zöglinge sollten nun entscheiden, ob die jeweilige Sache oder das Verhalten in Deutschland erwünscht sei oder nicht.

Wenn wir „Bestechungsgeld" zeigten und erklärten, tippten fast alle auf Plus. Leute hinter einem Schalter oder irgendwelche Chefs bräuchten das, das sei klar, sonst kämen sie ja nicht über die Runden.

Das Bild eines schwulen, händchenhaltenden Paares provozierte eindeutig „Daumen herunter" und dann ungläubiges Staunen, wenn man ihnen sagte, dass sie auf dieses Zeichen bunter Vielfalt mit Wohlgefallen reagieren sollten.

Ein in der Badewanne geschlachtetes Schaf? Sigrid schüttelte energisch den Kopf: absolut daneben. Die Jungs waren am Verzweifeln. Wie sollte Hochzeit, Geburt oder Opferfest gehen ohne Schlachtung? Ein Mann mit drei Frauen im Arm? Erlaubt, riefen sie, und erneut musste Sigrid dazwischengrätschen: verbotene Polygamie! Der Davidsstern provozierte allgemeine Ablehnung.

Der Höhepunkt war erreicht, als ich mit bösen Vorahnungen ein Hakenkreuz mit Hitlerfoto zeigte. „Hitler big man!" strahlten sie, und auch die folgende längere Diskussion fruchtete wohl kaum: „Ja, seid ihr denn nicht stolz auf eure Geschichte?!"

Sigrid brachte einmal einen befreundeten syrischen Professor mit, der sich ein Bild vom Heim machen wollte. Er hatte vor 40 Jahren als linker Student begonnen, sah aber die Lage heute sehr kritisch. Nach hunderten Gesprächen mit arabischen Einreisenden prophezeite er Deutschland massive Probleme.

„Ihr importiert eine Parallelgesellschaft. Wir werden Europa bald nicht mehr wiedererkennen."

Ganz nüchtern meinte er: „Kanada lässt jedes Jahr nur einige Zehntausend ins Land. Nach einem Sicherheitscheck vor der Einreise. Die nehmen auch nur Frauen mit Kindern, Paare und Homosexuelle, denn die Schwulen sind wirklich verfolgt. Allein reisende Männer? Bleiben draußen."

Er erzählte von einer gambischen Familie, die schon in den USA gelebt hatte. Der Vater hatte sich beklagt, dass man dort arbeiten müsse und wenig verdiene. Sie schafften es nach Deutschland und reihten sich in den Flüchtlingsstrom ein.

„Nun hat er eine Wohnung. Mit dem Kindergeld für die vier Kinder leben sie besser als der Durchschnittsrentner. Deutsch zu lernen hat er nicht vor, wozu auch."

Meine glücklichste Zeit in Berlin begann, als ich nach und nach selbst unterrichtete. Viele meiner chaotischen Schäfchen wuchsen mir ans Herz, auch wenn der Ertrag sehr gering war.

In den Pausen plauderte ich mit Sigrid über neue Literatur, Alice Schwarzer und Berliner Eigentümlichkeiten. Ich ließ mir von ihr Tipps geben und machte mich dann tagelang auf meine Exkursionen in die Berliner Kulturwelt: Museumsinsel, Brücke-Museum im Grunewald, Brechthaus. Ich lieh mir von Manni sogar einen Anzug, um in der Philharmonie nicht zu sehr aufzufallen.

„Dit kann ja woll nich Warstein", grinste Manni und zupfte das Jackett um meine zu schmale Brust zu-

recht. „Aba uffpassen. In Berlin gibt's auch Dschungel, nich nur bei dir daheem. Dann is Ende im Jelände. Mach eine Kurve um den Kotti und um die Hermannstraße, sonst fehlt im Nu mal ein Teil von dir. Die Herren Alis sind so humorlos. Da geht doch selbst die Polente stiften. Und geh nich zum Stutti."
Und er trällerte:
„Da reist der Sensenmann
mit U-Bahn 7 an."
Ich lachte, aber er fuhr todernst fort: „Mit Drogen. Und nich zum Görli, aber den kennste ja, da gehste schnell mal verloren. Un nu Gott befohlen. Adjö Misjö!"
Er schlug mir auf die Schulter und ich machte mich auf den Pilgerpfad zum Musentempel, um dort eine wahrhaft herzerweichende „Winterreise" mit Thomas Quasthoff zu hören.
Ich war glücklich, in Berlin, diesem so umtriebigen Ort, die deutsche Kultur aufsaugen zu können und abends mit Sigrid meine Eindrücke zu besprechen. Oft gingen meine Gedanken zu Frau Hagedorn im Hotel „Semiramis" zurück.
Doch bald waren die ruhigeren Tage vorbei. Im Nachhinein erschien das Ganze wie eine Spirale, wie ein Strudel, der sich lange schon unbemerkt zu drehen begonnen hatte und nun langsam Fahrt aufnahm.

Tiefe Einblicke in die Rituale des modernen Deutschland erhielt ich, als im wöchentlichen Hausplenum, das die „Gegengift"-Künstler moderierten, ein junges, etwas verwachsenes Mädchen, eine Berlinerin aus dem Obdachlosentrakt, zusammen mit einer älteren Frau auftrat. Mit stockender Stimme führte sie Be schwerde über sexuelle Belästigungen im Heim. Sie sei von jungen Irakern umringt worden, man habe sie aufgefordert, ihre Facebook-Daten zu nennen, sie herumgestoßen und angefasst.

Die Reaktionen waren sozialwissenschaftlich hochinteressant: „Du hast vielleicht durch deine Kleidung provoziert." – „Hast du dich mal gefragt, ob du versteckt rassistisch bist, wenn du deine Daten gerade diesen Jungs verweigerst?" – „Iraker hassen eben den Westen. Haben allen Grund dazu!" – „Warum nennst du die Herkunft? Auch deutsche Männer machen das!" – „Is ein Problem. Deswegen muss die deutsche Willkommenskultur endlich verbessert werden." – „Zu sensibel darf man in einer multikulturellen Gesellschaft nicht sein. Und die ist doch Realität, nich?" – „Mit Kopftuch hättest du vielleicht kein Problem gehabt." – „Schon schlimm, aber was ist das gegen die Mordserien des NSU?" – „Diese Menschen sind traumatisierte Kriegsopfer. Wir brauchen endlich mehr Geld für Sozialarbeit." – „Die stehen auf dich, das ist ihre Art, das zu zeigen." – „Du klingst wie die Rechten." – „Wir sollten diese jungen Männer einladen, damit du mit ihnen Missverständnisse auf Augenhöhe ausdiskutieren kannst."

Die Blüte des intellektuellen Deutschlands – ich konnte es nicht fassen und meldete mich zu Wort. Freudig wurde man auf mich aufmerksam und lauschte erwartungsvoll dem Neuling mit dem dunklen Teint. Die Stimmung kippte dann angesichts meiner wohl schneidenden Worte schnell ins Eiskalte: Geschäftsordnungsantrag – Ende der Debatte.

Allerdings zeigten sich am Tag darauf, dass viele im Künstlerkollektiv, die lange geschwiegen hatten, durch meine Worten in ihren Zweifeln bestärkt worden waren. Es kam zum Streit über Frauenrechte und die Rituale der selbstmörderischen Toleranz. Ein ganzer Trupp zog ernüchtert aus.

Abends trottete ich zur Toilette. Als ich das Klo verlassen wollte, hörte ich im Vorraum plötzlich aufgeregtes Gerede. Ich öffnete die Tür. Ein Mann aus einer der Clans zog ein Mädchen an den Haaren und schrie auf sie ein.
Ich schaute wohl so böse, dass er sie hinausstieß und mir erklärte: „Die weiß genau. Die darf hier nicht. Hier ist auch Männerklo. Das geht nicht. Muss hinten, wo wir nur Frauenklo haben." Er spuckte aus.
„Aber unsere Weiber sind wirklich schlimm geworden in Deutschland. Deutsche haben keinen Stolz. Weiber sind unser Stolz und hier machen, was sie wollen, wenn du nicht aufpasst." Im Gehen rief er mir noch zu: „Viele Schlampen, rumhuren. Viele abhauen, schwör."

Die Fleischaffäre zeigte dann erneut, auf wie dünnem Eis wir den alternativen Besetzertango tanzten. Das Haus wurde täglich von freiwilligen Tafel-Mitarbeitern mit Lebensmitteln beliefert. Ich bewunderte diese Berliner, die viel Zeit und Energie aufbrachten, um hier zu helfen. Zwei Wochen nach meinem Einzug im „RespectNow!" kam dann der Tag, an dem ich Zeuge einer erschreckenden Szene wurde. Die Tafel-Leute kamen mit dem Kleinlaster und wollten abladen, als einer der Bärtigen vom Shahadi-Clan sich vor ihnen aufbaute und sie aufforderte, das Fleisch zurückzunehmen und „reines Fleisch" zu liefern. Der Fahrer stand regungslos, seine Mitarbeiterin wollte einfach weiter abladen.

Da stieß der Bärtige den Karton zur Seite, schrie auf Arabisch Unverständliches und schob die Frau vor sich her. Wir Umstehenden waren zunächst wie gelähmt.

Es kam zum Eklat. Ein junger Tafel-Mitarbeiter, ein Bulle mit Che-Guevara-T-Shirt, kam auf den Clansmann zu, baute sich direkt vor ihm auf und schrie ihn an: „Was geht denn hier?! Verpiss dich!"

Instinktiv trat ich neben den Jungen. Der Fahrer wählte eine Nummer auf seinem Smartphone.

Der Bärtige zuckte zusammen, sein Blick flackerte wütend. Er murmelte etwas Unverständliches, wandte sich ab und verschwand im Haus.

Später lernte ich den mutigen jungen Mann genauer kennen und plauderte öfter mit ihm. Alexander war Student, ein kritischer Kopf, der Flüchtlingen helfen wollte, aber vieles am Willkommensclan strikt ablehnte: „Da sind viele ganz schön gaga!"

Am nächsten Morgen lagen wild verstreut Fleischstücke, Schnitzel, Schinken und Würste aller Arten im Hof an der Hauswand, offenbar aus der Küche gekippt und mit weißer Farbe bekleckert.

Aufgebracht wollten einige Freiwillige, Jonathan, Manni und ich, das Fleisch in einer Grube im Grünstreifen bei den Garagen vergraben. Doch eine Gruppe Konfirmanden von der benachbarten Friedenskirche erschien und nahm sich der Sache mit Feuereifer an. Im Rahmen ihres „interkulturellen und interreligiösen Kompetenztrainings" schafften sie das Problem aus der Welt. Wir drangen bei den Künstlern und bei den städtischen Beamten, die wir anriefen, darauf, dass etwas geschehe und erklärten, dass wir einen Verdacht hätten, doch man wiegelte ab. Die Künstler erklärten uns, dass Fleisch ohnehin ungesund sei und dass die Zukunft der veganen Ernährung gehöre. Eine Beamtin vom Bezirk beschied mich am Telefon: „Wir sind weltoffen. Man muss den Glauben der Menschen respektieren. Es steht uns, gerade uns mit unserer Geschichte ganz gut an, auf die Menschen zuzugehen. Wir wollen keine Ausgrenzung, das nützt nur den bekannten Gegnern des Heims."

Als ich das Manni erzählte, meinte er nur: „Auch die Bezirksregierung muss sparen: Da teilen sich schon zwanzig Verantwortliche ein Jehirn."

Am nächsten Tag klopfte es an der Tür und ein schlanker junger Mann mit Bart trat ein. Er stellte sich als Tayfun Shahadi vor und bat höflich, aber sehr selbstbewusst um ein Gespräch unter Glaubensbrüdern. Ich wollte die Gelegenheit nutzen, um einmal etwas vom Denken in seinen Kreisen zu erfahren.

Tayfun lächelte mich freundlich an: „Du bist erst kurze Zeit hier. Vieles kommt dir merkwürdig vor, verwirrt dich, klar. Viele Einwanderer glauben, sie seien zum Geldverdienen nach Europa gekommen. Viele hier im Heim verkaufen ihre Seele sogar an Drogen, Unzucht und Spiel. Noch lassen uns die Deutschen in Rattenlöchern hausen. Aber Allah hat einen anderen Plan, wie uns unser Prophet, Salla Llahu alaihi wasallam, gesagt hat."

Er fing wohl meinen skeptischen Blick auf.

„Wir werden Europa kulturell erobern. Dieses Land wird unser Land sein, wenn es das Wort Mohammeds, Salla Llahu alaihi wa-sallam, annimmt. Was sie hier in Deutschland Demokratie nennen, das ist die Hölle. Das hast du, Bruder, als Afrikaner doch sicher schon gemerkt. Wenn sie uns aufhalten wollen, halten wir nicht die andere Wange hin. Unsere Brüder in Saudiarabien und am Golf unterstützen uns. Die haben Geld."

Seine Augen glänzten in heiligem Feuer.

„Wir sind schon zehn Prozent in Deutschland. Der Islam kommt in ihr Haus. Und sie sterben aus. Hundert Deutschen folgen 60 nach, und den 60 werden 30 nachfolgen. Wir werden sie hinausgebären. Und wir werden jung, stark und gläubig sein. Allah aber ist mit den Siegern."

Tayfun sprach leise. Ich spürte, dass er jedes Wort glaubte.

„Wir dürfen aber nicht so lange warten. Wir müssen den Schrecken in die Herzen der Ungläubigen werfen, wie es Sure 3, Vers 151 verlangt."

Ich warf ihm einen warnenden Blick zu.

Er beobachtet mich aufmerksam und war zu klug, um nicht zu bemerken, dass es Zeit wurde, zu verschwinden, bevor ich ihn hinausbitten würde. Doch er lächelte selbst noch im Weggehen: „Du bist eingeladen, wir beten in der Tammar-Moschee, Branitzer Ecke Boblowitzer Allee."

Später las ich, dass mehrere Islamisten, die in dieser Moschee gebetet hatten, vom Staatsschutz wegen Vorbereitung eines Attentats verhaftet worden waren. Sie waren mit dem großen Strom im Sommer gekommen.

ACHTES ABENTEUER:
DEIN HERZ FÜR CAMBO

Die wachsende Spannung im Heim lastete schwer auf mir. Ich verkroch mich in unserer Bude und vermied jeden unnötigen Gang durchs Haus. Allein Jonathan war nicht aus der Ruhe zu bringen. Er kümmerte sich rührend um mich und versuchte mich aufzumuntern, doch vergeblich. Mit Arte-Fernsehsendungen über mittelalterliche Gregorianik und asiatische Kampfkunst sowie beruhigendem Ayurveda-Tee versuchte ich ein gewisses seelisches Gleichgewicht wiederzugewinnen.

Diese Versuche endeten, als es vorsichtig an der Tür klopfte und ein schmaler, junger Mann zögernd den Kopf hereinstreckte. Tobias Kröger, wie er sich artig vorstellte, war Volontär bei der „Abendpost" und suchte einen passenden Gesprächspartner für eine Reportage über das umstrittene Haus. Der Mann kam mir grundsympathisch vor, ich bat ihn herein. Er hatte an der FHS Kommunikation und Medien studiert und mehrere Praktika bei „Brot für die Welt" gemacht. Nach dem zweiten Kaffee löste sich seine Zunge.
„Herr Dlele, es ist so, ich sage es ganz ehrlich: Das Haus hat inzwischen in der Öffentlichkeit einen schlechten Ruf. Kennen Sie unsere Leserbriefspalten? Nein? Dann tun Sie sich das nicht an! Es ist unglaublich, wie sich hier ein Strom von bodenlosen Ressentiments und ausländerfeindlicher Dumpfheit ergießt.

Dabei arbeitet unser Moderatorenteam auf Hochtouren. Wollen ja dieser Hetze nicht noch Vorschub leisten. Ich war selbst beim Sichten und Freischalten dabei. Unsäglich. Kaum ein Brief, der brauchbar wäre. Wir sitzen geradezu auf dem Trockenen. Können die positiven Stimmen doch nicht selbst schreiben, oder? Und wenn wir das Forum zu früh schließen, kommt das Geschrei über Lügenpresse und Volkserziehung. Abos werden sogar schon gekündigt. Und damit hört für den Chef der Spaß auf. Herr Dlele, man könnte den Glauben an das Gute verlieren."

Kröger skizzierte nun den Plan der Redaktion, durch eine gründlich recherchierte und zugleich menschlich anrührende Reportage das böswillig verdunkelte Bild des Hauses wieder aufzuhellen. Zunächst hatte sich offenbar kein Redakteur für diese Angelegenheit gemeldet. Am Ende hatte man ihn für diese so wichtige Aufgabe ausersehen. Stolz gab Kröger die Worte seines Chefs wieder: „Schicken wir einen Idealisten. Kröger, verdienen Sie sich die Sporen. Der Dank des Hauses ist Ihnen gewiss!"

Ich versuchte vergeblich, dem jungen Mann klarzumachen, dass ich hier sozusagen nur eine Gastrolle spielte und auch von meinem ganzen Hintergrund her nicht der Richtige für seine Flüchtlingsgeschichte sei. Doch er hatte wohl gleich einen Narren an mir gefressen und blieb eisern.

„Herr Dlele, ich war schon hinten bei den Shahadis. Hab ich aus Versehen einer Frau an der Tür die Hand hingestreckt. Hätte mich nachher ohrfeigen können. Was müssen die von mir gedacht haben! Wie kann man so blöd sein. Anfängerfehler. Aber: Nichts zu machen. Auch bei den Leuten aus Ghana bin ich ab-

geblitzt. Echt nette Typen. Aber die ganze Heimsituation hat wohl alle traumatisiert. Dann hat man mir Ihren Namen genannt. Ich sage es ganz offen: Sie sind meine letzte Hoffnung! Verschließen Sie sich nicht."
Nun, dieser junge Deutsche rührte mich. Ich sah in seine wasserblauen Augen, die so erwartungsvoll und gläubig auf mich gerichtet waren. Mit ihm schien mir die ganze Gutmütigkeit, Naivität und Biederkeit seiner Nation in meinem Zimmerchen Platz genommen zu haben. Ich konnte ihn nicht enttäuschen, ihn nicht wegschicken. Und so verabredeten wir ein längeres Gespräch am Folgetag.

Ich war bereit, ihm auf seine Fragen zu antworten und mich fotografieren zu lassen. Allerdings bestand ich auf einem Augenbalken. Meine Stuttgarter Verfolger mit der findigen Claudia an der Spitze sollten keine Chance haben, mich hier zu enttarnen. Ich war auch willens, jede Provokation zu vermeiden und meinen neuen Freund nicht vor den Kopf zu stoßen.
Doch schon beim Thema Wandkritzeleien ergaben sich die ersten Schwierigkeiten. Krögers Stirn legte sich sorgenvoll in Falten. Es arbeitete in ihm. Dann entfuhr mir ganz unbedacht im Gespräch der Begriff „Asylant", was ihn erneut stutzen ließ. Als ich einige, zunächst wirklich vorsichtige Bemerkungen über Drogendealer und islamische Clans im Haus fallen ließ, stieg Krögers Beunruhigung sichtlich.
Ich erzählte dann lieber vom netten Hausmeister, dem humanen Jonathan und der patenten Sigrid und beruhigte damit meinen Gesprächspartner wieder ein wenig. Als ich jedoch vorsichtig auf das Thema sexuelle Übergriffe einging, waren die Kräfte Krögers erkenn-

bar am Ende. Er erhob sich abrupt, bedankte sich höflich und entschuldigte seinen frühen Aufbruch. Das alles sei ein interessanter Einstieg gewesen. Er müsse nun weitere Recherchen in der Redaktion betreiben, ich würde von ihm hören. Er ließ mich nachdenklich zurück. Dies war meine letzte Begegnung mit Tobias Kröger.

Zwei Tage später rief man mich zum Heimtelefon und ein gewisser Harry Fleischer von der „Abendpost" bat um einen Termin. Beim ersten Treffen trat mir ein untersetzter Mann mittleren Alters mit flinken Augen und Kurzhaarfrisur entgegen. Er habe die Reportage übernommen. Ich bot ihm einen Tee an und fragte nach Tobias Kröger. Fleischer hob die Augenbrauen mit einem Grinsen, das schwerlich anders als fies zu beschreiben war.

„Ja, der Kollege Kröger. Frisch von den akademischen Spielwiesen, mit Händchenhalten, Diversivität und interkulturellem Austausch. Bla bla bla. Davor wahrscheinlich Waldorfschule mit Namentanzen. Dem hat wohl der journalistische Zugriff auf die Sache noch ein wenig gefehlt. Dem blieb vor Schreck der Wecker stehen."

Er zog an seiner Zigarette.

„Herr Dlele, reden wir Klartext. Ich weiß, was ihr hier wollt und braucht. Ihr kommt aus euren Drecksländern, kriegt hier von uns erst mal versiffte Löcher und drückt euch die Nase platt an unseren Schaufenstern mit dem ganzen Blingbling, nach dem ihr genauso süchtig seid wie wir."

Er grinste.

„Ihr braucht die positive Story. Genau wie ich. Sie erzählen mir alles, was Sie wissen. Sie spucken Fakten aus. Über Sie. Über die liebreizende Belegschaft hier. Keine Mätzchen, keine Märchen. Ich brauch ein klares Bild, damit ich weiß, wie ich der Story den richtigen Kick geben kann. Also nochmal: Keine Multikultitränendrüsenstorys. Das ist nicht Ihr Job, das ist meiner. Verstehen Sie mich? Das kriegen Sie gar nicht so hin wie ich. Da muss man die Profis ranlassen."

Ich begann zu verstehen und mich schauderte. Fleischer gab ganz offen den harten Hund. Ich stellte mir allerdings mit Grausen vor, was passieren könnte, wenn Claudia durch einen dummen Zufall auf den Artikel stoßen würde.

Als hätte er meine Gedanken erraten, meinte Fleischer leichthin: „Noch am Rande bemerkt: Meine Gesprächspartner kooperieren eigentlich immer ganz gut mit mir. Sie wollen meistens nicht, dass ich ein wenig in ihrer Vergangenheit recherchiere und alte Geschichten aufgewühlt werden. Das muss ja auch wirklich nicht sein."

Ich verstand erneut. Diese ausgestreckte Hand musste ich ergreifen. Diesem Mann war zuzutrauen, mich ans Messer zu liefern, wenn ich nicht kooperierte. Ich musste einfach auf mein Glück hoffen, das mich schon so oft beschützt hatte.

„Aber mit geändertem Namen."

„Was sonst, da finden wir was Passendes", beruhigte mich Fleischer.

Wir saßen eine Stunde zusammen, ich erzählte und Fleischer machte sich Notizen. Meine akademischen Ambitionen überging ich, um die Sache nicht weiter zu komplizieren.

Schließlich stand er abrupt auf und erklärte:

„Gut, da lässt sich doch durchaus was machen. Jetzt die Fotos. Ich hab da schon Ideen. Erstmal die Kinnschramme. Zwar etwas klein, aber ...“

Fleischer zog ein Taschentuch aus der Tasche und begann auf der Narbe herumzureiben.

„So schnell sollte ja wirklich nicht Gras über die Vergangenheit wachsen, nicht?“ Der Verschluss klickte.

„Jetzt die Füße.“

„Meine – Füße?“

„Die Füße. Nicht lange fragen, hab keine Lust, das zu erklären. Socken runter und herstrecken.“

Innerlich belustigt folgte ich. Fleischer legte sich auf den Boden und machte Nahaufnahmen.

Nachdem die Fotos im Kasten waren, zog er ein Taschenbuch aus seiner Mappe.

„Jetzt kommt Bild Nummero drei. Der lesende Migrant. Sehnsucht nach Integration, ja geradezu Assimilation. Mimen Sie jetzt den Lesehungrigen, Beflissenen, geben Sie alles!“

Er drückte mir Günther Grass' „Blechtrommel“ in die Hand und platzierte mich auf dem Küchenstuhl.

„Kein Blechnapf da? Das wär die Krönung.“

Ich wühlte im Küchenschrank und fand hinter all der neu angeschafften Ikea-Ware vom Heim tatsächlich eine alte Aluminiumtasse.

„Das kann als Blechnapf durchgehen. Aber die Kaffeemaschine da hinten, die stört im Bild.“ Ich stellte sie so lange auf die neue Spülmaschine in der anderen Zimmerecke und fragte:

„Wieso gerade Blechtrommel?“

„Kollege, Blechtrommel ist brauchbar. Ist nicht so

akademisch abgefahren, kennen viele, auch vom Film her. Außerdem: Nazi muss sein. Zieht immer. Migrant hilft mit bei der Vergangenheitsbewältigung der Deutschen. Unschlagbare Idee. Bin fast stolz darauf. Also Dlele, jetzt streng dich an und ... lesen ... lesen!"

Fleischer feixte glucksend. Er ahnte nicht, wie mir zumute war, als ich diesen Roman, den ich so sehr verehrte, hier an diesem Küchentisch neben dem Blechnapf vor die Linse halten musste. Außerdem duzte er mich jetzt offenbar ganz ungeniert.

Die Kamera klickte.

„So, nun aber noch was mit positivem Afrikabezug. Hatte keine Zeit, was mitzubringen. Fällt dir da was ein?"

Ich zuckte lustlos mit den Schultern. Fleischer verschwand, kam wenige Minuten später zurück und stellte eine kleine Trommel vor meine Füße.

„So, nun trommeln!"

Ich wollte protestieren und Fleischer klarmachen, dass ich noch nie getrommelt hatte, nicht trommeln konnte und das Trommeln hasste, doch dann gab ich auf und tat ihm den doch wohl eher harmlosen Gefallen. Hilflos und unrhythmisch klopfte ich auf dem Trommelfell herum. Er knipste aus mehreren Blickwinkeln, während ich mich zu einem süßsauren Lächeln zwang, und verschwand.

Drei Tage später griff ich zur „Abendpost". Ich war auf einiges gefasst, jedoch nicht auf das, was hier ganzseitig auf Seite 3 zu lesen war.

Die Sehnsucht reist mit – Jetzt rede ich – Dein Herz für den jungen Cambo?

Ein wenig traurig blicken uns die großen Augen des jungen Cambo entgegen. Er sitzt erschöpft am einfachen Küchentisch seiner bescheidenen Unterkunft im Haus „RespectNow!". Bei jedem Geräusch zuckt er zusammen. Schlimmes hat er erlebt, seit er in Deutschland ankam. Der Neubürger suchte Herzlichkeit und fand Kälte und Ablehnung. In stundenlangen Gesprächen gelang es erstmals, Cambos Zunge zu lösen, die tiefsitzenden Ängste zu überwinden und den abenteuerlichen Lebensweg mit ihm zusammen nachzuzeichnen. Am Ende wirkt Cambo befreit und seit Jahren zum ersten Mal huscht ein Lächeln über seine sympathischen Züge.

Sein Weg begann im krisengeschüttelten Kamerun, einem Land, das bis heute unter den gnadenlosen Folgen des deutschen Kolonialismus stöhnt. Cambo rebellierte gegen diese Zustände. Sein muslimischer Glaube gab ihm stets die spirituelle Kraft zum Widerstand. Repression und Elend waren allgegenwärtig, früh verlor der Junge die Eltern. Doch Cambo ließ sich nicht entmutigen. Er schaltete sich bald in den Kampf um Teilhabe und Chancengleichheit ein und organisierte internationale Kontakte, die von den Behörden in Kamerun und Europa als illegal diskriminiert und verfolgt wurden. So verlor Cambo auch seinen Arbeitsplatz. Bald traf ein weiterer mysteriöser Todesfall seine Aktionen. „Es war unheimlich!", erinnert sich Cambo. Überstürzt und mittellos musste er das gefährliche Land verlassen, um das nackte Leben zu retten.

Cambo beschloss, nach Europa aufzubrechen, um ein neues, menschenwürdiges Leben zu suchen. Wie so viele im „RespectNow!"-Haus setzte er alles ein. Wir staunen: Diese zähen jungen Männer schlagen sich durch, wandern z. T. unter glühender Sonne zu Fuß durch die endlose Sahara. Nur stockend kann Cambo von dieser Etappe seines Abenteuers berichten, er ringt um Worte, immer wieder bricht die Stimme. Nur gezwungen zeigt der bescheidene Junge seine Füße mit den zentimeterdicken Schwielen, die vom zähen Kampf gegen die feindlichen Elemente Zeugnis ablegen.

Mein Blick fiel auf das Foto am Rand, wo erschreckend vergrößert und in verkrümmter Perspektive mein Fuß zu sehen war.

Berichte von im Mittelmeer ertrunkenen Weggefährten schreckten ihn. „Allah war mir gnädig", meint der Flüchtling in einfachen, zu Herzen gehenden Worten.
Er schaffte es nach Europa. Doch dann begann der Leidensweg erst richtig. Rassistische Anfeindungen machten den Weg nach Deutschland zu einem Spießrutenlaufen, ein wahrlich niederschmetterndes Gefühl. Von menschenwürdiger Wohnung und Teilhabe war nichts zu entdecken. Es schien fast, als habe hier niemand auf den armen Waisen gewartet, so der Junge am Küchentisch, der nur mühsam die Tränen zurückhalten kann. Selbst hartgesottene Journalisten wirken hier an diesem Tisch aufgewühlt und tief erschüttert. Doch sie schämen sich ihrer mitmenschlichen Rührung nicht. Der Blick in die großen, so melancholisch glänzenden Augen des gemarterten Menschenkindes vor ihnen ist Dank genug. Und Ansporn,

in der kompromisslosen Aufklärungsarbeit der "Abendpost" nicht nachzulassen.

Cambo strandete dann in Stuttgart, wo er auf dem Hauptbahnhof einem rassistischen Gewaltakt zum Opfer fiel, an dessen Folgen er noch heute leidet (siehe Bild). Fotos können hier nur die Oberfläche erfassen, die seelischen Verwundungen kann man nur erahnen.

Heute fristet Cambo ein bescheidenes Leben im Haus "RespectNow!". Sein zäher Lebenswille ist jedoch ungebrochen. Nach einer langen Zeit des Überlebenskampfes hat er nun Hoffnung geschöpft, sich hier in Deutschland verwurzeln zu können. "Ich liebe Deutschland doch", erklärt er mit einem verschämten Lächeln. Tag für Tag ringt er um Integration, hat sich gut eingelebt und verblüfft schon nach wenigen Wochen durch eine nahezu perfekte Beherrschung der deutschen Sprache. Der Beweis im Bild: Cambo verschlingt schon begeistert deutsche Literatur und hat schon ein tiefes Verständnis für die Wege und Irrwege der deutschen Geschichte entwickelt. Außerdem: Cambo ist mit der Trommel aufgewachsen. Sein großer Traum ist es, einen Trommelkurs im "RespectNow!" einzurichten, der in der oft tristen und kalten deutschen Gegenwart ein wenig afrikanische Lebensfreude und Spontaneität verbreiten soll (siehe Bild).

Viele weitere aufstrebende junge Männer, darunter zahlreiche Fachkräfte, die ungeduldig auf ihre Chance warten, hat er in der Unterkunft an seiner Seite. Doch nun erheben sich neue düstere Wolken. Das Projekt "RespectNow!" wird diffamiert und angefeindet. Man will den Erfolg dieser kleinen multikulturellen Welt sabotieren. Einzelne bedauerliche Fäl-

le, Missverständnisse und fehlendes Entgegenkommen der schwerfälligen deutschen Bürokratie werden von ausländerfeindlichen, rechtspopulistischen und offen nazistischen Kräften in unverantwortlicher Weise ausgeschlachtet.

Sogar Mitarbeiter der Tafel scheinen wenig Willkommenskultur bewiesen zu haben. Der Vorwurf von islamophoben Vorurteilen steht im Raum. Bezirksbeamte prüfen diese Anschuldigungen. Für einzelne Tafel-Mitarbeiter sind bereits Nachschulungen in Toleranz angeordnet. Man hofft so, den verbitterten Flüchtlingen ein deutliches Zeichen zu geben, dass ihre Anliegen ernst genommen werden.

Dennoch zürnt Cambo: „Was sich hier im Haus abspielt, ist schlimm!" Bis tief in die Mitte der Berliner Gesellschaft hinein regen sich Ressentiments. Dabei müssen wir uns doch ehrlich die Frage stellen: Werden hier nicht wieder, wie so oft in unserer unrühmlichen Geschichte, Menschen in Lager gesteckt, gegängelt und seelisch gemartert, statt ihnen die volle Teilhabe an unserem unverdienten Wohlstand zukommen zu lassen? Dabei ist dieser Reichtum doch nicht zuletzt auch Ergebnis von jahrhundertelanger Ausbeutung der unglücklichen Länder, aus denen die Cambos kommen!

Beschämt sitzt unser Team dem Opfer gegenüber. Unsere Gesellschaft braucht solche hoch motivierten Menschen. Wir sollten ihnen dafür auch die Chance geben.

Ich ließ das Blatt sinken und vergoss, ohne es zu merken, bittere Tränen.

Am nächsten Tag machte die „Abendpost"-Ausgabe

die Runde. Jonathan lachte dröhnend und Manni verzog keine Miene: „Imma flach durch die Hose atmen."

Doch bald standen im „RespectNow!" die Zeichen des Unheils in immer kürzeren Abständen an der Wand.

Neuntes Abenteuer:
Mahlstrom

Die Anspannung im Heim stieg zunächst durch die Kanzleramts-Affäre. Ich rücke hier Mahmut Süklers Bericht ein, der in alternativen Medien erschien und weit über Kreuzberger Grünen-Kreise hinaus für ohnmächtige Wut sorgte:

Unhaltbare Zustände im Kanzleramt

Am gestrigen Freitag eskalierten die Auseinandersetzungen um die Berliner Asylpolitik: Eine Gruppe von 20 Refugees aus dem „RespectNow!"-Heim und 10 SympathisantInnen besetzten das Kanzleramt im Regierungsviertel. Sie waren von der Kanzlerin zu einem Gedankenaustausch eingeladen worden. Auf der Haupttreppe entrollten sie Transparente mit den Forderungen „Bleiberecht und Grundeinkommen für alle sofort", „Fight rassism and nazism" sowie „Nie wieder Deutschland!".
Im benachbarten Reichstag erklärte sich Christa Raute spontan solidarisch mit den Forderungen der AktivistInnen. Sie mahnte in leidenschaftlichen Worten zum Verzicht auf misszuverstehende Maßnahmen, die leicht als Rückfall in unselige Zeiten gedeutet werden könnten.
Die Hausdirektorin Dr. Mareike Jensen trat in Verhandlungen mit dem dreiköpfigen Sprechergremium der Besetzer ein. Zur zweiten Gesprächsrunde kam

Jensen mit Schleier, um den Respekt für die kulturellen Eigenheiten der Gäste zu zeigen. Im Laufe der Nacht wurden zwei Berliner Imame hinzugezogen, um die religiöse Betreuung der Zuwanderer sicherzustellen. Aber auch für das leibliche Wohl wurde gesorgt: Mehrere Partyservice-Firmen waren hierfür mehrfach im Einsatz.

Betroffen reagierte die deutsche Literaturszene. Der Autor Tom Müller erinnerte an das Wort von Günter Grass aus dem Jahr 1992 über die Roma, das aber auch für Afrikaner gelte: „Lasst sie kommen und bleiben, wenn sie wollen, wir haben sie bitter nötig, sie fehlen uns."

Dennoch eskalierten die Verhältnisse. Aus einer friedlichen Aktion wurde durch die Ungeschicklichkeit der deutschen Seite ein echter Konflikt. Jensen bat die Besucher, die Haupttreppe zu verlassen und bot einige Konferenzräume als permanente Residenz an. Die Reaktionen ließen nicht lange auf sich warten. Verzweifelte Schreie hallten durch das Kanzleramt. Ein Ghanaer drohte vor der versammelten Weltpresse mit seiner sofortigen Ausreise aus Deutschland.

Entsetzen griff in den Reihen der Gäste um sich, als die Verwaltung bat, eine inzwischen entzündete Bengalofackel zu löschen und statt dessen zum Schutz der Refugees eine tragbare Feuerschale mit DIN-Prüfzeichen anbot. Man verwahrte sich gegen jede Bevormundung und forderte in Sprechchören „sein Recht".

Zur Stunde dauert die Besetzung an, eine Lösung ist nicht abzusehen.

Die Besetzung endete dann mit einem Kompromiss: Die Besetzer zogen vorerst ab. Im Gegenzug erhielten sie zunächst einmal Ausweise in Form von Gästekarten des Kanzleramts samt Lichtbild, die ihnen den Status als „Exzellenz-Gäste" sicherten. Umfangreichere Solidaritätsmaßnahmen sollten bei weiteren Besuchen der Flüchtlinge im Kanzleramt diskutiert werden. Von einem Teil der Hausbewohner wurde all das nur mit unzufriedenem Murren hingenommen. Man hatte auf entschieden mehr gehofft.

Dann kam die Sache mit den Hunden. Immer öfter streunten Hunde durch die Gänge und über den Hof, nachts hörte man das Jaulen und Bellen aus entfernten Zimmern. Man musste aufpassen, nicht in die Hinterlassenschaften dieser Tiere zu treten. Die Hunde gehörten wahrscheinlich den Romasippen und auch den Obdachlosen, die inzwischen zuzogen und sich im ehemaligen Verwaltungstrakt einquartierten. Der streng religiöse Shahadi-Clan verlangte wohl die Entfernung der Hunde, die man als „unreine" Tiere ablehnte. Einmal sah ich, wie ein bärtiger Mann im bodenlangen Mantel im Gang einem Hund einen kräftigen Fußtritt gab, dann hörte man aufgebrachtes Streiten und wildes Schreien aus dem Treppenhaus.
Am nächsten Morgen stieß ich ganz früh im Gang auf Manni. Er lotste mich stumm nach unten in die Eingangshalle. Ich zuckte zusammen. An der halb zerbrochenen Wandstatue der Hl. Fredegundis hing ein großer schwarzer Hund, erdrosselt mit einem Kabel. Die Zunge hing ihm weit heraus.
„Bei manchen Leuten is ein Gehirnschlag ein Schlag ins Leere", knurrte Manni.

Inzwischen kam einer aus der Künstler-Wohngemein-schaft dazu. Er staunte über den toten Hund, aber er zuckte mit den Schultern: „Arme Töle." Damit schlurfte er weiter.

„Polizei holen?", fragte ich, doch Manni grinste: „Machen die hier doch nicht. Lieber die Sau rauslas-sen, als die Bullen holen, det ist doch hier die Devi-se." Er ging, um den Hund abzuschneiden. Als der schwere Körper aufprallte, meinte Manni: „Det sin so Scherze, Junge, Junge."

Als ich nachmittags vom Dorotheenstädtischen Fried-hof heimkam, wo ich an Brechts und Helene Weigels Grab gestanden hatte, hingen im Treppenhaus neben den alten Pinselsprüchen „Mash the potatoes, smash the state", „Lager abschaffen" und „New Berlin – Hier entsteht eine neue Stadt" Pappschilder mit der Aufschrift „Only 1 bottle of urina from Hamidu Room – they will call police and close house – tell to Hamidu and friends". Auf der Toilette fand ich eine ganze Batterie von Flaschen mit der bekannten gel-ben Flüssigkeit. Am anderen Morgen gellten Schreie durch die Gänge. Die Hamidu-Leute flohen offenbar die Treppen hinunter, hinter ihnen Verfolger, die mit Latten schlugen. Ich machte, dass ich in mein Zim-mer kam und schloss ab.

Im Hausplenum in der alten Aula war anderntags das Urin-Problem kein Thema, ich weiß nicht, ob und wie die Verfeindeten sich geeinigt hatten. Dafür wog-te der Streit um die Frage, ob es freien Zugang zum Haus geben sollte.
Die Mehrheit aus Dealern, Roma, Obdachlosen und

den Aktionskünstlern war für „open doors", der Shahadi-Clan dagegen. Und so siegte wieder einmal die
grenzenlose Offenheit, die allumfassende Toleranz.
Die Türen gingen noch weiter auf und das „Respect-
Now!" wurde mehr denn je Anziehungspunkt für Ob-
dachlose und Durchreisende aller Art.

Nach der Diskussion lauschte ich in später Nacht
Guido, einem alten Künstler von den „Gegengift"-
Leuten mit Halbglatze und grauem Nackenzöpfchen,
der uns Jungspunden Einblicke in sein Denken gewährte. Migration war für ihn der neue Weg zur klas-
senlosen Gesellschaft, zum Kommunismus 2.0.
„Die Arbeiter wurden gekauft, denen wurde der revo-
lutionäre Instinkt abdressiert. Aber ihr aus Afrika und
Arabien, ihr seid aus anderem Holz, euch kann man
nicht kirre machen, ihr kämpft. Die neue Zeit kommt.
Aber erst muss Deutschland den Gnadenstoß bekommen. Diese stinkende Leiche, die nicht verwesen will,
muss weg. Durch euch. Von innen. Wir haben es damals nicht geschafft, ihr schafft es. Die Horsts und
Hildegards werdet ihr einfach ausspucken. Bis dieser
Staat winselnd eingeht."
Der Mann ahnte nicht, was ich während seiner düsteren Prophezeiungen durchlitt. Ich schämte mich für
ihn. Er klebte geistig an alten Schablonen. Seine Art
von Antifaschismus machte ihn blind für die Gegenwart.

In den nächsten Tagen häuften sich die Zwischenfäl-
le: Diebstähle, laute Auseinandersetzungen, scheinbar
provokatorische Vermüllung von Gängen und Räumen. Immer mehr Bewohner schafften sich größere

Vorhängeschlösser an.

Im Stadtviertel redete man über Diebstähle und räuberische Überfälle. Auf der Sassnitzer Straße vor dem Haus grölten Unbekannte immer öfter Schmähungen gegen die Bewohner. Einmal durchschlug ein Stein das Fenster einer Romafamilie, eingewickelt in ein Papier, auf das ein Hakenkreuz gekritzelt war. Ich war wütend. Bei solchen Aktionen hörte bei mir der Spaß auf.

Die Verhältnisse waren nun so, dass die grüne Bezirksbürgermeisterin sich nicht mehr entziehen konnte. Sie kam, ging mit verkniffenem Gesicht durch die Gänge und drückte Hände. Ich wurde Zeuge, wie ein wütender Afrikaner auf sie zukam und sie aus zehn Zentimetern Abstand anschrie: „You rassist! Germany rassist! Laga abschaffen! Give me my rights!"

Die Bürgermeisterin stand da, ließ sich anbrüllen und nickte schuldbewusst und zustimmend. Auf einer improvisierten Pressekonferenz saß sie neben den Heimsprechern, mahnte zu gemeinsamen Konfliktstrategien, versprach städtische Mittel und lobte das Heim als im Grunde vorbildliches Modell für eine bunte Zukunftsgesellschaft: „Trotz aller vorübergehender Widrigkeiten lassen wir uns von dumpfen Kräften nicht den Blick dafür verstellen, dass hier ein – ich möchte fast sagen, im Zeichen eines herrschaftsfreien, offenen Zusammenlebens – ein soziales Laboratorium neuer, junger Kräfte im Entstehen ist."

Am nächsten Morgen wachte ich früh auf und schnappte gerade in der Dämmerung neben dem Haus Luft, als ich plötzlich Geräusche vom Dach an der Vorderseite hörte. Dann war es wieder still.

Ich ging zur Vorderseite und sah, wie sich ein Trupp von fünf, sechs jungen Männer betont langsam und lässig vom Gelände entfernte. An der Fassade hing ein großes Transparent mit den Aufschrift: „Sichere Grenzen, sichere Zukunft" und „Islamisierung tötet!" Der Wirbel war gewaltig. Den ganzen Tag ermittelte der Staatsschutz.

Im Laboratorium an der Sassnitzer Straße konnten die interessanten Experimente jedoch weitergehen, bis zu dem Abend, als Manni klopfte und mich dringend bat, mitzukommen:

„Da dreht eine durch, heißt angeblich Latifa, aus Marokko, glaub ich. Ne Freundin von einem der Görli-Typen."

Auf dem Dachboden in einer Mansarde lag sie stöhnend auf einer fleckigen Matratze und hielt ihren Bauch.

„Ihre Freundin hat wat mitjekriegt."

„Latifa?", fragte ich. Sie nickte stumm. Ich beugte mich über sie und erkannte, dass sie hochschwanger war. Neben ihr lag eine blutige Schere. „Sollen wir Hilfe holen, Krankenwagen?" Latifa schrie entsetzt auf und schüttelte in höchster Angst den Kopf.

In den nächsten drei Minuten erfuhr ich, dass bei Latifa die Wehen eingesetzt hatten und dass sie sich in Panik hatte umbringen wollen. Sie wohnte mit Brahim, einem der jungen smarten Typen im Dealertrakt zusammen. Nun war sie in Panik, weil sie nicht abgeschoben werden wollte: „Kein Arzt!"

Bevor wir reagieren konnten, ging die Kammertür auf und bärtige Männer drängten sich herein – der Shahadi-Clan, geführt von einem jungen Mädchen, offenbar der Freundin Latifas. Am Ende kam eine alte, verschleierte Frau. „Bist du Muslimin?" Latifa nickte schwach.

Der Clanchef übernahm nun wie selbstverständlich das Kommando und machte sich ohne Umstände zum Herrn in dieser Kammer. Doch auch er wurde fast von dem überrollt, was sich auf der Matratze abspielte. Latifas Wehen setzten ein und sie wälzte sich schreiend zur Seite.

„Hol die eine von den Theaterleuten, die Medizin studiert hat!", ordnete der Chef an. „Aber verhüllt!"

Seine Tochter rannte los. „Und ihr könnt draußen warten, bis wir euch brauchen. Und lasst niemand herein!"

Draußen zündete Manni sich erst einmal eine Zigarette an: „Holla, die Waldfee. Det is ne Show. Na, wenn die Herrschaften wünschen."

Durch die dünne Tür, die auch nicht mehr richtig schloss, war das Stöhnen der Gebärenden zu hören. Da eilten auch schon Frauen die Treppe herauf. Vorne die Clantochter, dann Greta, die Heilkundige mit einem Erste-Hilfe-Koffer und einer großen Umhängetasche und hinter ihr ein ganzer Schwarm von Künstlerinnen von der „Gegengift"-Gruppe. Ich traute meinen Augen nicht: Alle waren fantasievoll verschleiert, mit Palästinensertuch, Seidenschal oder indischem Sarituch. Einige brachten Räucherstäbchen, Klangschalen und Duftlampen mit.

Aufgeregt verschwanden sie in der Dachkammer. Knappe Anweisungen des Chefs waren durch die Tür zu vernehmen. Bald hörten wir Geräte klappern und dann eine heisere Stimme einen arabischen Singsang anstimmen. Ich war perplex: Nach und nach erhoben sich Frauenstimmen, erst zögernd, dann anschwellend: Die „Gegengift"-Frauen sekundierten der arabischen Alten und stimmten klangvoll die Gebärende auf das schmerz- und freudvolle Ereignis ein.

Dann trat gespannte Stille ein, bis lauter werdendes Kinderweinen zu vernehmen war. Das Kind war geboren!

Plötzlich erscholl drinnen wieder die barsche Stimme: „Wer ist der Vater?" Stille. „Du musst es sagen, sonst ...!" Eine Zeitlang drang nur Gemurmel an mein Ohr.

Da krachte die Tür auf und Greta schwankte heraus, fiel zu Boden und schlug mit der Faust auf den Boden: „Der Scheißkerl! Ich Idiotin!" Sie tobte und schrie. Manni und ich versuchten sie zu beruhigen. Im Hintergrund standen stumm die Clansmänner und die Theaterfrauen im Halbkreis.

Als sie sich gefangen hatte, flüsterte Greta: „Ich könnte ihm die Eier abschneiden. Der Kerl hat sich an mich herangemacht, ich dumme Kuh hab ihn dann das machen lassen, wozu er glaubte, ein Recht zu haben. Und gleichzeitig hurt der mit dem arabischen Flittchen da drin rum!"

Sie wandte sich an die Theaterfrauen, sah sie lange stumm an.

„Und ihr glotzt jetzt. Damals habt ihr nichts wissen wollen davon. Ich hab bei euch Hilfe gesucht. Ihr habt nicht reagiert. Wie bei der anderen. Ich hab es geschluckt."

Sie wurde unterbrochen von dem Clanchef: „Schluss, genug. Damit Recht wird, machen wir

Recht. Hier und jetzt!"

Er wandte sich an die „Gegengift"-Frauen: „Danke für Hilfe. Ihr seid entlassen! Rest regeln wir alleine!"

Er flüsterte kurz mit zwei anderen Bärtigen und verkündete dann, dass Brahim schuldig sei und 100 Peitschenhiebe zu erhalten habe. Latifas Vergehen werde später abgeurteilt.

Greta, immer noch außer sich, rief schrill dazwischen, dass man ihr das Peitschen überlassen solle, was aber vom Chef mit einer knappen Handbewegung abgetan wurde.

Die Alte reichte das Kind, einen Jungen, dem Chef, der hob es hoch, küsste es und weihte es feierlich dem rechten Glauben: „Möge die Umma wachsen und gedeihen! So Allah will!"

Ich hatte das Gefühl, in einem schlechten Film zu sein. Die Szenerie entstellte sich zunehmend ins Skurrile.

Der Chef verkündete nun, dass für Latifa als Opfer der schlimmen Verhältnisse im „RespectNow!" ein Protest- und Sühnungsmarsch durchzuführen sei. Man brachte sie die Treppe hinunter, wickelte sie in Tücher und nun setzte sich ein unwirklicher Zug in Bewegung: Sechs Bärtige trugen Latifa, Frauen folgten heulend und schreiend, hielten anklagend den Passanten die blutige Schere entgegen, und so durchzog man das Gebäude, vorbei an den Betreuerzimmern, hinaus auf die Sassnitzer Straße und über die belebte Carl-Spitzweg-Allee bis zum Bezirksamt. In Sprechchören wurde lautstark nach Rechten, nach Freiheit und Respekt gerufen.

Der Verkehr stockte, ein wildes Durcheinander entstand. Beim Bezirksamt traten, besorgt und angespannt, Beamte heran, drückten ihr tief empfundenes Mitgefühl aus und wurden vom Clanchef huldvoll wieder entlassen.

Alles hätte mit diesem kraftvollem Auftritt enden können, wenn der Zug nicht zurück und dann auch in den Dealertrakt geführt hätte. Hier lungerten die jungen Männer herum und schauten böse. Aus dem Nichts heraus rempelten sich ein Bärtiger und einer der Dealertypen an, und dann verwandelte sich die Szenerie wie von Zauberhand. Fäuste flogen, Schreie erklangen, Stöhnen und Keuchen erfüllten den Gang.

Eine erneute verblüffende Wende trat ein, als die deutschen Supporter und einige Theaterfrauen auf den Plan traten. Sie hatten gerade unten ihre Perspektivsitzung abgehalten, als Manni sie zur Hilfe holte. Doch ihr Eingreifen scheiterte kläglich. Sie versuchten auf die Bärtigen und die Jungen einzureden: „Hey, Leute, kommt wieder runter. Lasst uns die Sache doch ausdiskutieren!"

Nur kurz hielten die Kämpfenden inne und musterten die Ankömmlinge mit blutunterlaufenden Augen. Ein stämmiger Typ trat an einen der schmächtigen Jünglinge heran und sagte ihm ins Gesicht: „Kartoffel, shut up! Piss off!"

Doch die Supporter waren so schnell nicht zu entmutigen: Händeringend und wortreich wollten sie die unheilvollen Missverständnisse aufklären, wollten die Kämpfenden festhalten, doch sie ernteten erst höhnische Blicke, dann aber bald Faustschläge und Fußtritte. Einige retirierten entsetzt. Der Kampf erneuerte sich. Ich drückte mich in eine Wandnische und hoffte, nicht bemerkt zu werden – eine unheldische, aber vernünftige Entscheidung, wie ich auch heute noch meine.

Das erste Messer blitzte auf, ein Mann sank keuchend zu Boden. Es hatte einen der Supporter getroffen. Eine Frau beugte sich weinend über ihn und schrie in einem fort hysterisch über den Kampflärm hinweg: „Wir bringen uns alle um! Wir bringen uns alle um! Wir bringen uns alle um!"

Da erschütterte ein Krachen das Gebäude, die Ringenden hielten still und lauschten, selbst die Hysterische hielt weinend inne. Etwas rauschte die Treppe herauf, kam näher, brausend, drohend, vibrierend.

Ich erstarrte: Claudia Pöring! Sie wirbelte herbei, den Regenschirm in der Hand, und sie schrie: „Wo bist du, Calvin!?"

Sie stand inmitten der Bärtigen, der jungen Nordafrikaner, der Theaterfrauen und blickte stumm und langsam um sich. Ihr Blick bannte alles Leben. Da entdeckte sie mich. Sie stampfte energisch auf mich zu: „Calvin, i hol di!"

In diesem Augenblick erwachte ich. Jonathan beugte sich über mich und rüttelte an meiner Schulter: „Hey, Professor, aufwachen. Du schreist noch das ganze Haus zusammen. Keep calm and carry on."

Schweißgebadet sank ich zurück auf meine Matratze. Dieser verrückte, völlig abgedrehte, geradezu aberwitzige Alptraum! Langsam durchdrang mich die tiefe Befriedigung, dass solche Geschehnisse wie die Latifa-Geschichte in Deutschland nie und nimmer möglich wären. Auch Claudias Eingreifen war nur ein schreckhafter Traum. Allerdings: Die Schlägerei von gestern Abend, die war echt.

Zehntes Abenteuer:
Arcana Imperii

All diese Exzesse konnten nun nicht mehr unter dem Deckel gehalten werden. Zeitungen berichteten, wenn auch zögerlich und um Verständnis werbend, doch die Leserbriefspalten explodierten.

Im Heim jagten sich die Krisensitzungen. Man entschied sich zur Vorwärtsverteidigung und beschloss, den bewährten Sozialarbeiter Alwin Schippe zum Senat zu schicken. Er sollte schonungslos die Missstände auf den Tisch legen und um Hilfe bitten. Ein Vertreter der „coloured people" sollte ihm zur Seite gestellt werden, ganz im Sinne von – richtig, Teilhabe und Diversity. Im Ausschlussverfahren kam die Heimleitung auf mich, was ich befürchtet hatte.

Schippe redete mir meine Bedenken aus und erklärte durch die Blume, dass ich doch eher eine schmückende Funktion zu spielen habe. Es war für mich im Grunde durchaus reizvoll, einen kleinen Blick hinter die Kulissen der Macht zu erhaschen. Was zuerst noch vermessen schien, erfüllte sich bald in überraschendem Maße.

Ich hätte ohne Weiteres über das Kapitel also „Die Geheimnisse der Macht" schreiben können, aber lateinisch klingt das noch viel geheimnisvoller und gefährlicher, und, da es vorerst ja keine Leser gibt, kann ich mir diesen sprachlichen Schlenker auf den Spuren des Tacitus erlauben.

So fuhren also an einem der nächsten Tage Herr

Schippe und ich zur Senatsverwaltung, zum „Beauftragten des Senats von Berlin für Integration und Migration" in der Potsdamer Straße.

Herr Schippe zog nervös an seiner Zigarette und sammelte sich wohl innerlich für seinen Himmelsfahrtsjob. Er reichte mir unterdessen zur Vorbereitung eine Infobroschüre. Ich erfuhr, dass die Aufgabe dieser Behörde die „strategische Steuerung der gesamten Integrationspolitik Berlins" sei. Ich seufzte. Entweder müsste hier jemand überirdische, herkulische Kräfte haben oder er würde als Mittelfigur der Lakoongruppe enden.

In der Dienststelle angekommen, wurden wir gleich in ein elegantes Konferenzzimmer mit großformatigen, verfremdeten Stadtansichten aus allen Kontinente an den Wänden gebeten und nach wenigen Minuten trat der stellvertretende Chef Herr Kuleike herein. Die Hiobsnachrichten aus dem Heim hatten uns die Ehre beschert, dass ein Hochkaräter unserem Anliegen sein Ohr lieh. Begleitet war er von einem jungen Mann, bis auf die aus der Stirn straff und pomadig nach hinten gekämmten blonden Haare zunächst noch ohne besondere Eigenschaften, seinem Pressesprecher Wölfle.

Nach beiläufig-freundlichem Händedruck und einigen federnden Schritten saß Kuleike uns gegenüber, brachte routiniert einen Auflockerungsscherz an und bat dann um umfassende, präzise und ergebnisorientierte Darstellung der Sachverhalte.

Schippe spulte in den nächsten zehn Minuten seine gut vorbereitete Rede herunter, die, ohne Frage, schonungslos die Zustände im "RespectNow!" umriss. Er kam in Fahrt und, weil nie gestoppt, brach er sämtliche politisch-korrekten Barrieren und sprach alle Probleme an.

Der Pressesprecher tippte Notizen in sein Notebook, während er immer wieder verstört über den Bildschirm hinweg den vor ihm sitzenden Besucher musterte. Gelegentlich wippte er gar nervös mit einem Bein.

Ganz im Gegensatz hierzu stand das Bild, das Herr Kuleike bot. In größter Gelassenheit und freundlich, gar aufmunternd nickend wohnte er den Enthüllungen und Katastrophenmeldungen bei. Manchmal konnte er ein dünnes Grinsen nicht gänzlich unterdrücken, so zum Beispiel bei den Themen Gegengift und Shahadi-Clan. Schon hier merkte ich, dass Kuleike das Ganze von einer höheren Warte aus betrachtete. Irgendwie imponierte mir der Herr.

Nach weiteren fünf Minuten schaute Kuleike auf die Uhr und erklärte, er wolle Schippe nicht drängen, aber, die Zwänge des Terminkalenders, es sei eine der moderne Plagen und überhaupt ...

Schippe verstummte. Kuleike wandte sich nun geschmeidig mir zu und knipste ein durchdringendes Flüchtlingsgönner-Lächeln an. Er bat mich in besonders langsamem und einfachem Deutsch um meine Sicht der Dinge. Ich bestätigte Schippes Darstellung in knappen Worten, um die Sache nicht zu komplizieren.

Kuleike knipste das Lächeln wieder aus, erhob sich federnd und versprach uns, alles in seiner Macht Stehende zu tun, um die Verhältnisse im Heim zu optimieren. Wir würden bald Nachricht erhalten. Und damit waren wir entlassen.

Wir beschlossen, in der Kantine vor unserer Rückfahrt Station zu machen. In den weitläufigen, mit asiatischen und arabischen Stoffen, Vasen und dschungelartigen Zimmerpflanzen angenehm dekorierten Räumen zapften wir Kaffee und suchten uns einen Tisch in einer der Abteilungen, die durch mannshohe Paravents gebildet wurden, die mit Reispapier bespannt und mit irgendwelchen Schriftzeichen und Kindergesichtern im Stil der Popart geschmückt waren. Wir saßen also und plauderten über Kuleike und unseren Auftritt. Dann erhob sich Schippe und machte sich auf zur Toilette.

Denkwürdige fünfzehn Minuten folgten. Als Schippe außer Sicht war, hörte ich nämlich, wie im benachbarten Abteil Stühle gerückt wurden und sich neue Gäste niederließen. Sehen konnte man nichts. Schon nach wenigen Worten war mir klar: Das waren Kuleike und sein Adlatus!

Jetzt rührte sich wieder einmal der Schalk in mir. War das nicht eine Gelegenheit, einmal etwas genauer zu erfahren, wie ein Herr Kuleike tickte, wenn er ganz banal seinen Kaffee trank, fernab aller offiziellen Treffen und ohne Mikrofon? Ich gestehe, dass das, was folgte, nie hätte geschehen dürfen, aber es ist nun einmal von dem Sündenkonto meines deutschen Jahres nicht mehr zu tilgen.

Von Schippe hatte ich nichts Schlimmes zu erwarten, mein Kredit bei ihm als Qualitätsmigrant war unendlich. Ich schlich also auf leisen Sohlen näher an das Geschehen heran und ließ mich an einem Tisch direkt vor dem Raumteiler nieder, hinter dem die beiden saßen.

Sie hatten offenbar keine Ahnung von dem Lauscher

an der Wand. Wölfle stöhnte gerade über die Zustände im „RespectNow!": „Ganz schön krass, was der Herr da erzählt. Das scheint ja ein Brennpunkt zu sein."

Kuleikes Antwort klang eher belustigt: „Brennpunkt? Ja, was glauben Sie denn, Wölfle, sooo außerordentlich ist das Ganze nun auch wieder nicht. Vielleicht für Sie. Ist ja auch klar. Sie kommen ja frisch aus Freiburg, aus der Schwarzwaldidylle, sind jetzt gerade mal vier Wochen hier an Bord. Was glauben Sie, was ich an Brandbriefen jede Woche reinkriege?"

„Klar, aber wie reagieren wir? Wie kann man denn solche Probleme lösen?"

„Wölfle, also mal von vorne. Sie wissen ja: Ich bin Quereinsteiger aus dem Business. Die haben mich geholt, um den verstaubten Amtsmief mal zu lüften. Aber viele blicken immer noch nicht durch. Oder sie haben Schiss."

Die Kaffeetasse klirrte.

„Erstmal müssen Sie sich frei machen von dem Gedanken, dass das Ganze, was da in dem Schippe-Heim oder in den anderen läuft, ein Problem ist. In Wirklichkeit zeigen sich da Lösungen für Probleme."

Wölfle schien baff zu sein: „Lösungen? Herr Kuleike, Sie sprechen in Rätseln."

Kuleike lachte.

„Lieber Wölfle, also dann passen Sie mal auf. Aber nicht erschrecken. Da kommen also die Sozialarbeiter an und jammern über die Zustände. Die verstehen nichts. Ich bin denen nicht böse, sie haben das so gelernt und wir brauchen sie auch, allein schon gegenüber der Öffentlichkeit. In Wahrheit läuft ein ganz anderes Spiel. Unser Probleme sind nicht die Petitessen in so einem Heim. Unser Problem in Deutschland ist: Wir sind faul und träge geworden in all den fetten Jahrzehnten. Unsere Instinkte funktionieren nicht mehr, wie sie müssten, um die Competition zu bestehen. Schauen sie doch unsere Jugend an. Großflächig degeneriert. Eine Ansammlung von Warmduschern mit Vollkaskomentalität. Wenn's hoch kommt Hochleistungsrinder oder perfektionistische Schraubendreher. Deutschland braucht als Marke aber ein ganz anderes Branding."

Wölfle schenkte ihm offenbar nach.

„Schauen Sie sich nur mal diese Willkommensszenen an den Bahnhöfen an. Klar, die holde Weiblichkeit ist ohnehin vorne dran. Und die Männer? Flüchtlingsversteher und Baumumarmer, wohin man blickt. Die Frauen lassen sie Blümchen auf Pappe malen und schleppen sie mit. Der Birkenstocknachwuchs als Willkommensheuler. Und solche Typen mit Beißhemmung sollen den gnadenlosen Kampf auf den Zukunftsmärkten führen, die Übernahmeschlachten, gegen die Chinesen, die Inder und die Koreaner? Sollen den Feind jagen, niedermachen, Stellungen aufrollen und Märkte erobern? Die können doch nur Luftmaschen häkeln. Ohne Siegeswillen in jeder Pore, die man in dem Stellungskrieg, in dem Trommelfeuer braucht.

Schauen sie sich dagegen die jungen Kerle an, die da ankommen aus Afghanistan und sonst woher. Die kommen aus den gewalttätigsten Löchern, sind oft mit der Kalaschnikow aufgewachsen. Gesund, mit der scharfen Witterung, mit dem unbedingten Willen, sich durchzusetzen, jede kleinste Chance zu ergreifen.

Mit den Zähnen sich festzubeißen. Das sind die echten jungen Wilden. Das ist Material, aus dem wir uns die Stoßtrupps der Zukunft herauslesen können. Die haben sich durch den Dschungel und die Wüste bis nach Berlin durchgekämpft, stahlharte Typen, flink, hungrig, gierig."

Wölfle warf ein: „Stimmt schon. Dieser Afrikaner vorher, wie der geschaut hat. Hinter Ruhe und seiner Gelassenheit eine unterdrückte Spannung, ein Lauern, ein Vulkan."

Kuleike lachte.

„Wenn Sie meinen. Bei dem bin ich mir jetzt gar nicht mal so sicher. Es kommen auch welche, die schon angekränkelt sind. Aber bei den allermeisten, da funktionieren eben die Instinkte noch, die wir unseren Jungs abtrainiert haben. So waren die Pioniere der Industrie vor 200 Jahren in England und bei uns. Und die in Chicago vor 100 Jahren. Aber heute: Gejammer über importierte Machokultur. Lachhaft. Klar, unter denen gibt es jede Menge Fieslinge. Aber: Je mehr Macho, desto besser. Natürlich nur eine Elite. Schwache, Fußlahme, Mädels mit Blagen: Unbrauchbar. Nur die, die wir einbauen, einspannen können. Sie sind der Pfahl im Fleisch unserer dekadenten Gesellschaft."

Es schauderte mich. Der Mann war ein Monster. Seine eisige Kälte, seine Menschenverachtung schienen durch die Trennwand mit den süßen Kinderfotos bis zu mir zu dringen.

„Und mit ihnen können übrigens auch die Lohnkosten in Schach gehalten werden, und die ganzen Sozialstaatsauswüchse. Da werden tiefe Schnitte ins Fleisch kommen müssen. Ärger ist unvermeidlich.

Aber sie sind die Blutauffrischung, die wir dringend brauchen. Sie halten uns unsere braven Jünglinge unter Druck. Damit die nicht einschlafen."

Wölfle schien langsam zu begreifen: „Hat nicht Schäuble so etwas Ähnliches gesagt?"

„Der Mann ist mir zu soft, aber er hat seine lichten Momente. Resettlement, sonst Degeneration durch Inzucht. Natürlich liegt er auch richtig, wenn er sagt: Man kommt nur voran in Krisenzeiten. Man braucht die Krise. Die bringt Challenge. Die rüttelt die Leute durch, dann entsteht Neues. Das meint der Juncker von der EU ja auch. Der blickt durch."

Kuleike senkte die Stimme, aber ich hörte immer noch alles.

„Ganz ehrlich: Die ganze Migrationskrise muss genutzt werden als Hebel, um diese Staaten zu … sagen wir mal zu transformieren. Wir brauchen den Europastaat, geführt von Experten. Wir brauchen TTIP und all das. Demokratie kann zum Hemmschuh werden. Ist zu langsam."

„Aber … die Risiken?"

„Sehen Sie, Wölfle, den Tiger müssen wir reiten. Dass sich die Herzjesuchristen aller Länder ins Hemd machen, geschenkt. Vor allem die Damen tun sich da schwer. Geht gegen ihre DNA. Nun wissen Sie Bescheid, wie der Hase läuft. Jedenfalls bei mir. Klar, nach außen hin …"

In diesem Augenblick sah ich durch zwei seitliche Paravents hindurch, wie Schippe von der Toilette zurückkam. Bevor er mich bei meinem Lauschangriff ertappte, war ich an unseren Tisch zurückgeschlichen und saß dann ganz entspannt und harmlos grinsend vor meiner Tasse.

Wir brachen auf und durchquerten den Raum, an Kuleike und Wölfle vorbei. Keine Ahnung, ob sie etwas
bemerkten. Ich drehte mich um und warf ihnen einen
stahlharten, hungrigen, ja einen fiesen Blick zu. Das
musste sein.
Tief in Gedanken fuhr ich mit Schippe zurück.

Elftes Abenteuer:
Im Schutz der Kirche

Langsam konnte ich das Gefühl nicht abschütteln, dass ein weiterer Aufenthalt im „RespectNow!" nicht angezeigt wäre. Und als am nächsten Tag die nette evangelische Pastorin Cordula Sanftleben-Seelband mit ihrer interkulturellen Arbeitsgruppe dem Haus ihre Aufwartung machte, ergab es sich zwanglos, dass sie mich einlud, sie im Gemeindehaus der benachbarten Christusgemeinde zu besuchen. Dort bot sie mir, dem Schutzsuchenden aus Afrika, innig lächelnd Kost, Logis und einen Gärtnerjob an, denn „es gibt nichts Gutes, außer man tut es", wie sie mir ganz ernsthaft bedeutete.

Schweren Herzens verabschiedete ich mich von den lieben Menschen, von Manni, Jonathan, Elias, Sami und Sigrid, schüttelte den Staub des chaotischen Heims von meinen Füßen und schlüpfte unter die Fittiche der Kirche Martin Luthers. Mein Sinn stand nach Ruhe und Einkehr.

Das Leben als Gast im Gemeindehaus „Melanchthon-Forum" war durchaus angenehm, der Unterschied zum „RespectNow!" frappierend. Frau Pastorin hatte mich persönlich in einem Gästezimmer einquartiert, Essen konnte ich im benachbarten Seniorenheim und meine Halbtagsarbeit als Gärtner im weitläufigen Park des Evangelischen Bildungs- und Tagungszentrum war leicht. Zwischen uralten Buchen und efeuüberwucherten Lauben ging das Leben endlich wieder einen ruhigeren Gang. Nur von fern brauste der Berliner Großstadtverkehr.

Ich hatte mich als Student eingeführt, was nur mäßig geflunkert war, hatte ich doch die Tübinger Immatrikulation für das laufende Semester in meinem Koffer. Ich hatte beschlossen, noch einige Wochen Berliner Luft zu schnuppern und dann den schweren Gang nach Süddeutschland anzutreten, wo hoffentlich Claudia Pöring doch endlich von ihren vertrackten Hoffnungen abgelassen hatte.

Doch auch in diesem kirchlichen Schonraum sollten mich die seltsamen Riten und Gebräuche des damaligen Deutschlands verfolgen.

Frau Pastorin bat mich zu sich. Ihre hellen Augen hinter der randlosen Brille und ihr schüchternes Lächeln verrieten die Idealistin, die jedes Wort, das sie sagte, genau so meinte. Wiederum musste ich an die große Tradition des deutschen Idealismus denken, an die so hingegeben glaubenden und hoffenden jungen Menschen so mancher Epochen des deutschen Geistes.

Ich durfte in ihrem freundlichen Arbeitszimmer Platz nehmen, wo eine Buddhastatue, ein Didscheridoo und das Nelson-Mandela-Poster von Vielfalt, Offenheit und universeller Wertschätzung zeugten. Sie wolle mir zeigen, wie die evangelische Christusgemeinde zusammen mit der benachbarten Sultan-Mehmet-Eroberer-Moschee ein Zeichen für gelingende Integration setze. Man wolle endlich auch das große Gemeindefest in zeitgemäßer Form begehen. Als abrahamitische Zwillinge sollten die beiden Gemeinden das

Sommerfest der christlichen Gemeinde und das muslimische Opferfest zusammen begehen. Ein kühner
Gedanke, der nur in der liberalsten aller Landeskir-
chen denkbar war.

Als der Festmorgen kam, wurde ich als multikulturel-
ler Ehrengast in der ersten Reihe platziert und durfte
auch beim anschließenden Akt im festlich ge-
schmückten Hinterhof der Moschee teilnehmen.
Was ich an diesem Tag erlebte, überstieg meine Vor-
stellungskraft. Auch heute noch finde ich kaum Worte
für die krassen Vorkommnisse. Ich lasse deshalb den
Bericht im „Glaubensruf", der Gemeindeschrift der
Christuskirche, für sich sprechen, der nach dem Dop-
pelfest erschien. Die ersten Absätze übergehe ich,
kreisten sie doch um die bekannten Merksätze aus
dem Katechismus des Willkommenskultes.

*Neue Weg der Verkündigung – Abrahams Söhne und
Töchter vereint*

*... Zuerst fand in der Christuskirche unser Gottes-
dienst in eher überlieferter Form statt. Mutig war in-
des die Dekoration: zahlreiche Fähnchen mit dem,
wie Frau Pastorin erläuterte, „uralten heiligen Sym-
bol des Halbmonds", die von der Konfirmandengrup-
pe im Rahmen ihres interkulturellen Kompetenztrainings gebastelt worden seien und nun von den Wänden grüßten.*
*Leider hatten die eingeladenen muslimischen Freun-
de höflich, aber bestimmt erklärt, dass sie zu ihrem
größten Bedauern zu dieser frühen Stunde noch nicht
anwesend sein könnten, hatten sie doch bei der Vor-*

bereitung der Opfertiere alle Hände voll zu tun. Geistig seien sie aber ganz intensiv dabei.

Nur Imam Erlogan hielt gemessenen Schrittes seinen würdevollen Einzug in das recht gut gefüllte Kirchenschiff. Die Predigt der Frau Pastorin widmete sich dem Heiligen Geist und seinem Wirken unter so ganz verschiedenen Menschen, Gruppen und Völkern. Keiner sollte glauben, dem Göttlichen näher zu sein als der andere. Der Geist schwebe eben segnend über der Buntheit und Vielfalt der Schöpfung. „Sursum corda" — Man solle die Herzen für das Fremde öffnen, es tief in sich hineinnehmen und das beschränkte Eigene in echt evangelischem Frohsinn überwinden. Überall, so bei Vikar Pfaffinger und dem Teilhabebeauftragten Wimmer-Schulze sah man am Ende der Predigt zustimmendes, ergriffenes, ja tief verinnerlichtes Nicken.

Staunend vernahmen die Versammelten alsdann die Klänge des kraftvoll gesungenen „Allah-u-akbar"-Rufes, den Imam Erlogan als Höhepunkt des interkulturellen Events ertönen ließ. Gar manchem dürfte bei diesem neuen Schall erst zu Bewusstsein gekommen sein, dass hier und heute alte Grenzen, Gräben und Hemmnisse überwunden wurden, so mutig und unverzagt, wie es unser großer Martin Luther gelehrt hat.

Frau Sanftleben-Seelband stellte im abschließenden Pressegespräch klar, dass all dies ein im Grunde längst überfälliges Entgegenkommen der Christusgemeinde an ihre spirituellen Partner von der Eroberermoschee sei.

Im Fehlen der türkischen Gläubigen zeige sich, wie der Gemeindeälteste Kohlheimer selbstkritisch be-

kannte, die gewaltigen Versäumnisse auf deutscher Seite. Man müsse sich auch innerlich, nicht nur in Worten, auf die muslimischen Mitbürger einstellen, die dem christlichen Gemeindeleben segensreiche Impulse geben könnten. Auch die Pfarrerin versprach eine deutlich optimierte Begrüßungskultur auf Seiten der Christusgemeinde. Nochmals zeigte sie überzeugend auf, wie der christliche und der muslimische Glaube im Grunde ein und dasselbe seien, verehrten doch Christen wie Muslime Adam, Abraham, Moses und Jesus. Erlogan bestätigte gerne ihre Worte und empfahl, noch intensiver über die Worte des Korans nachzudenken, wonach Islam den „rechten Glauben" bedeute, der auch den Christen jederzeit offenstehe.

Die Gemeinde beeilte sich danach, zum Höhepunkt des Tages, der Opferung im Hinterhof der Eroberer-Moschee, zu gelangen. Unter den nicht unfreundlichen Blicken der muslimischen Freunde nahmen unsere Gläubigen die Plätze im Halbrund ein, während die Frauen sehr nett von ihren muslimischen Glaubensschwestern in der Moscheeküche empfangen wurden. Kein Wort entweihte die heilige Handlung, als der Moscheefleischer Volkan Öztürk das geweihte Messer ansetzte und mit einem gekonnten Schnitt der prachtvollen Ziege den Hals durchschnitt.

Heilige Schauer überliefen so manchen Christen, als das Opfer in wilden Zuckungen unter einem vollen Strahl des Lebenssaftes zusammenbrach und die Allgewalt des Göttlichen zu Tage trat. Gerade in unserer so emotionsarmen und durchrationalisierten Welt nahm hier das Heilige überzeugende, ja erschütternde Formen an.

Stumm und in sich gekehrt musste mancher Christ

den Schauplatz verlassen und konnte an dem nachfol-
genden Schmaus gar nicht mehr teilnehmen. Unter
hunderten türkischen Fahnen umsorgten die Musli-
minnen, assistiert von christlichen Helferinnen, die
ausgelassene Schar der Feiernden um Imam Erlo-
gan, den Gemeindeältesten Kohlheimer und Vikar
Pfaffinger. Bis tief in die Nacht feierte man im Schein
des lodernden Opferfeuers einer frohen gemeinsamen
Zukunft entgegen. Berauschend war das echt südlän-
dische Angebot an Speis und Trank – unser lebens-
froher Martin Luther hätte sich wie zuhause gefühlt.
Frau Sanftleben-Seelband war hier leider wegen an-
derweitiger Verpflichtungen verhindert. So endete ein
Meilenstein der Öffnung und zeitgemäßen Interpreta-
tion unseres Glaubens. "

Meine Bedenken und Vorbehalte gegen diese Art von
Dialog stießen bei der Frau Pastorin auf wenig Verständnis. Eine heilige Mission erfüllte sie. Sie weihte
mich in den nächsten Tagen in ihre ebenfalls innovativen Pläne für die Advents- und Nikolausfeier am
Ende des Jahres ein, die sie jetzt schon vorantrieb, gegen den hinhaltenden Widerstand in gewissen konser-
vativen Gemeindekreisen.
Mit Eifer malte sie mir aus, wie die Jungen und Mädchen der Gemeinde zusammen mit den muslimischen
Gästen der Geschichte des Kinderfreundes aus der
türkischen Stadt Myra lauschen würden. Denn von
türkischem Boden sei ja die Botschaft der Freundlichkeit, der Selbstlosigkeit und des behutsamen Um-
gangs mit den Kleinen in die ganze, auch in die
christliche Welt hinausgegangen. Danach skizzierte
sie ein Nikolausspiel, in dem die Mädchen tief ver-

schleiert, die Jungen mit langen Gewändern und Bärten auftreten würden. Abwechselnd würden dann deutsche und türkische Kinderlieder erklingen, bis endlich der Nikolaus seinen Einzug hielte. Die jungen Gemeindemitglieder könnten dann z. B. türkische Gedichte aufsagen

Seltsame Gedanken und Gefühle stiegen in mir auf. Doch die Vorfreude auf diese gelungene Feier stand der Pfarrerin ins Gesicht geschrieben. Immer wieder suchte sie mit hochroten Bäckchen meinen Blick und lächelte versonnen. Mehr denn je fand ich sie sympathisch in ihrem herzensguten und arglosen Wesen.

Frau Sanftleben-Seelband legte mir bald auch die Teilnahme an parteipolitischen Treffen und Sitzungen der SPD, der Grünen und der Linken ans Herz, zu denen sie freundschaftliche Kontakte pflegte.

Ich sträubte mich anfangs, fürchtete ich doch die wenig knisternde Atmosphäre politischer Hinterzimmer, aber am Ende musste ich wenigstens bei einem Gremium zusagen, der „Interfraktionellen Arbeitsgruppe ZukunftLinks".

Ich wurde in einem nüchternen Zweckbau empfangen und als Erfolgsmigrant und zivilgesellschaftlicher Aktivist angekündigt. Die AG-Leiterin fand warme Worte:

„An meiner Seite sehen Sie einen Gast aus Kamerun, Calvin Dlele, der sicherlich von Ihnen in dieser grenzenlos toleranten Tagung von ZukunftLInks begeistert empfangen, ja frenetisch gefeiert wird. Mit ihm verbinden wir die Hoffnung, endlich verstärkt Menschen mit Migrationshintergrund für unsere so spannende Gremienarbeit zu interessieren. Wir warten auf die

hungrigen, aufstrebenden Kräfte, die unserer altern-
den Gesellschaft neuen Elan zuführen. Sonst drohen
Stillstand, Erstarrung, Abstieg! Calvin könnte als
Student vielleicht sogar Kontakte zu fortschrittlichen
Gruppen in Afrika herstellen. Vor allem aber ist un-
ser lieber Genosse das lebende Dementi all der Hate-
speech von Populisten, Rassisten und Nazis, die
überall aus den Löchern kriechen. Calvin, lass uns
mit dem Pack nicht alleine!"

Ich hatte schon bei den ersten Worten auf Durchzug
gestellt, aber es half nichts. Es war genau so, wie sie
es angedroht hatte: Ich wurde begeistert empfangen
und frenetisch gefeiert. Altgediente weibliche Partei-
Schlachtrösser der SPD mit Dauerwelle umhalsten
mich, grüne Hipstergirls über 40 wollten sich mit mir
abklatschen und ergraute grüne Oberstudienräte
drückten solidarisch und schraubstockartig meine
dunkle Hand.

Ich wurde auf einen Ehrenplatz geleitet, wo alle mich
gut sehen konnten. Zunächst lauschte ich einigen etwas schleppenden Diskussionen zu Fragen wie der
gendergerechten Katzenhaltung in Berlin oder der
kultursensiblen Mehrelternschaft als Movens der Öffnung tradierter Rollenbilder sowie der Abschaffung
der Schulnoten als Mitteln struktureller Gewalt.

Leidenschaftlich wurde die Debatte allerdings durch
den Vorstoß der Grünen für ein Pilotprojekt zur „Förderung von Selbstbestimmung und Selbstorganisation
der LSBTTIQ-Communities, der Lesben, Schwulen,
Bi- und Transsexuellen, Transgendern, Intersexuellen
und Menschen, die sich als Queer verstehen. Dieses
Pilotprojekt sollte unter mehrfach Diskriminierten im
Görlitzer Park etabliert werden, also unter den

Schutzsuchenden mit alternativer Erwerbsperspektive, alltagsrassistisch auch „Drogendealer im Görli" genannt. Mit Schwung warfen sich die Grünen in die Bresche, doch auch die anderen Parteien waren nicht dagegen.

Man einigte sich dann noch auf ein schnelles Ende aller CO_2-Emissionen im Experimentier-Stadtviertel Kreuzberg-Neukölln innerhalb der nächsten zehn Jahr, und dann war ich an der Reihe.

Ich sollte über aktuelle Probleme von Migranten sprechen und erzählte einfach ein wenig vom Leben im „RespectNow!".

Schon nach den ersten Sätzen begannen einige unruhig auf ihren Stühlen zu ruckeln. Stille breitet sich aus, in die hinein ich tapfer meine Stimme richtete. Zwischen mir und den verehrten Anwesenden wuchs von Minute zu Minute eine Mauer von echt Berliner Format. Manche Augen begannen den Schussmündungen von Volkspolizei-Flinten zu ähneln.

Mein Puls blieb nicht unbeeindruckt, aber ich erinnerte mich der Schillerschen Verse vom Männerstolz vor Königsthronen und palaverte unverdrossen weiter, gelegentlich an der vor mir stehenden Bionade nippend. Auch Mannis Späße, den Shahadi-Clan, die Haram-Affäre und die Klopperei der bunten Kontrahenten erwähnte ich.

Am Ende hingen die vereinten Zukunftsaktivisten entnervt in den Seilen. Mit verkniffenem Gesicht und kargen Worten dankte mir die Vorsitzende und ich zog wie Eulenspiegel meiner Wege. Hier hatte ich mir ehrliche Feinde geschaffen. Beim Hinausgehen zischte mir ein drahtiger Glatzkopf mit Nickelbrille und funkelnden Augen wütend zu: „Rassist! Da hilft deine schwarze Pelle auch nichts mehr!"

Bald bat mich Frau Pastorin, eine Jugendgruppe für eine Woche auf die ostfriesische Insel Spiekeroog zu begleiten. Ich griff zu. Erinnerungen an meinen kamerunischen Strand wurden wach, und die sagenumwobene Welt der deutschen Nordseeküste lockte mich.

Ich übergehe die Vorbereitungen, die Bahnfahrt, den Transfer auf die Insel und den herben Zauber der Watt- und Dünenlandschaft dieser landschaftlichen Perle. Denn all dieser Reiz wurde überstrahlt von meiner Begegnung mit Hannah Wuttke. Hannah, zwei Jahre jünger als ich, blond, blauäugig und mit den vollen Formen blühender Weiblichkeit ausgezeichnet – Hannah sehen hieß für mich Hannah lieben, inbrünstig, gedankenlos. Meine Reisegruppe lebte auf dem Zeltplatz am westlichen Inselende, doch am zweiten Tag schon kamen wir auf dem Süderloog und dem Hellerpad am piekfeinen, exklusiven Hermann-Lietz-Internat im Osten des Eilands vorbei und da saß Hannah unter einer, wie mir schien, uralten Linde. Wahrscheinlich war es eine Gemeine Pappel. Sie betrachtete mich über ein geöffnetes Buch hinweg, einen Lyrikband deutscher Gedichte, wie ich bald feststellte. Ich ließ mich neben ihr nieder.

Nun vergingen meine Tage im Tandaradei der jungen Gefühlsstürme. Jedes Wort an dieser Stelle wäre sträflich, versuchte es doch das Unsagbare zu bannen. Ich liebte sie und sie liebte mich.

Täglich stahl ich mich unter Vorwänden zum Internat und wir teilten Zeit, Gefühle und Lektüre. Ich hätte jauchzen können: Das Schicksal hatte Hannah, mich, die Liebe und die Lyrik in dieser traumhaften Woche zusammengeführt. Alle Schlösser meiner literarischen Begeisterung sprangen auf.

Und so schwelgte ich in den vollen Armen meiner Hannah, Wange an Wange dem Wohllaut, dem Klang und dem Feuer der Poesie hingegeben.

Ich merkte bald: Hannah wollte nicht nur Lesen, Hannah wollte verstehen und den Sinn der dichterischen Worte enträtseln. Nimmermüde rang sie um ein vertieftes Verständnis der Gedichte. Sorgenvoll zeigte sie mir Mörikes „Um Mitternacht", Goethes Sesenheimer Gedichte und Hofmannsthals „Manche freilich". Ich fühlte mich wie ein Zaubermeister, der Hannah den Zugang zum Hort des lyrischen Goldes eröffnen konnte. Hannah, die leidenschaftlich, locker und stets heiter war, feuerte mich unter der besagten Linde mit ihren Küssen zu interpretatorischen Höhenflügen an. Selbst die kryptischsten Metaphern enthüllten sich mir im magischen Bann des jungen Bluts an meiner Seite. Auf langen Spaziergängen über den Tranpad zum Nordstrand und bis weit in den Osten der Insel, unter dem Krächzen der Möven und mit dem Blick auf das ferne Wangerooge lauschte sie zwischen unseren Umarmungen meinem Gedankenfluss über Brechts „Kraniche" und Hölderlins „Brot und Wein". Endlich hatte ich eine Gleichgesinnte gefunden!

Des Meeres und der Liebe Wellen umtosten uns eine ganze Woche, dann, ich gestehe es, folgte ein geradezu barbarischer Absturz.

Ich lag unter unserer Linde im Park des Internats, mein Blick ging übers graublaue Meer in die Ferne und mir zogen Bruchstücke aus Goethes „Willkommen und Abschied" durch den Kopf. Gleich würde

Hannah wie verabredet kommen.

Doch Hannah blieb aus.

Dafür kam mit schwerem Schritt der alte Hausmeister des Internats, ein untersetzter Mann mit Stoppelbart, Udo-Lindenberg-T-Shirt und Schiffermütze. Er setzte sich stumm neben mich und sah mit mir aufs Meer hinaus. Ich konnte mir auf sein Erscheinen keinen Reim machen, bis er schließlich redete.

„Junge, sie kommt nicht. Fällt mir nicht leicht. Weißt du ... da drin is heut Abitur, sie schreibt Deutschklausur, Gedichte und so." Umständlich rieb er sich die breiten Hände und vermied es, mich anzusehen.

„Sie hat mir gesagt, ich soll dir sagen, dass sie nicht mehr kommt. Kann nicht mehr. Sie wünscht dir alles Gute. Sie dankt für deine Hilfe vor dem Abitur ..."

An dieser Stelle brach ich zusammen. Ich weiß nur noch, dass ich an der Schulter des Alten lehnte und weinte. In meinem ganzen Jammer war mir dieser fremde Spiekerooger ein Anker, der mich hielt. Ich glaubte in seinen Augen etwas Feuchtes schimmern zu sehen. Er brachte mich tatsächlich zum Zeltplatz zurück.

Später erfuhr ich, dass Hannah in den Ferien sich auf das Abitur vorbereiten und dazu die 30 bedeutendsten Gedichte der deutschen Literatur interpretieren musste. Unvorstellbare Bedingung dieser strengen Schule: ohne Internet, auf Ehrenwort! Ich musste es mir eingestehen: Wahrscheinlich hätte sie unter Normalbedingungen schon bei Storms „Grauer Stadt" ihre Grenze erreicht. Sie kämpfte sich durch die Texte, bis ihr das Schicksal mich zuführte. Ihre Küsse waren himmlisch, hatten aber auch einen platt-irdischen Nebengeschmack. Welch eine süße Schlange! Heute kann ich lachen: Wenn sie nur ein Bruchteil meiner Herzensergießungen in ihre Textinterpretation umformte, war die Verblüffung ihres Deutschlehrers sicher.

Ob es im falschen Leben ein richtiges geben konnte? So grübelte ich, als die Fähre mich von der zauberhaften Insel hinwegführte.

Was mir ganz langsam wieder etwas Kraft gab, war die Erinnerung an die famosen Artikel 4 und 7 des Rheinischen Grundgesetzes: „Wat fott es, es fott" und „Wat wells de maache?"

ZWÖLFTES ABENTEUER: „LOVE IN CHAINS"

Ich nahm mein beschauliches Leben im Park des „Melanchthon-Forums" wieder auf. Durch Arbeit von früh bis spät lenkte ich mich von den schmerzhaften Erinnerungen an Hannah Wuttke ab.

Nach einer Woche kam ein mir längst bekanntes Gemeindemitglied, Herr Dietmar Lilienkron, zu mir. Wir plauderten zwischen Rhododendronbüschen und Eibengehölzen, ein Wort gab das andere und schließlich rückte Herr Lilienkron mit seinem Anliegen heraus:

„Herr Dlele, ich weiß, dass Sie sich hier als ein anstelliger Gärtner bewährt haben. Und doch: Sollten Sie nicht Ihre wahren Talente fruchtbar anwenden?"

Ich schaute ihn wohl etwas begriffsstutzig an. Er zog eine Zeitung aus seiner Tasche, die „Abendpost" mit dem denkwürdigen Cambo-Artikel. Ich konnte ein gequältes Seufzen kaum unterdrücken.

„Herr Dlele, ich weiß, wie bescheiden Sie sind. Aber nun Schluss mit der Selbstverleugnung. Sie sollen eine Chance bekommen, Ihr einzigartiges Trommel-Genie auszuleben! Dafür sorge ich. Frau Pastorin unterstützt mich voll und ganz." Lilienkrons erwartungsvollem, drängendem Blick hatte ich nichts entgegenzusetzen.

Um es kurz zu machen: Drei Tage später verhandelte ich im Begegnungscenter „Hope" mit den Leuten vom Bezirk, und eine Woche darauf las ich die Plakate, die alle Jugendlichen zu einem interkulturellen Trommelkurs mit dem bekannten afrikanischen Trommel-Künstler Calvin Dlele einluden. Mein Foto strahlte zwischen großen Trommeln und einer Palme so gewinnend, herzlich und aufgeräumt von der Wand, dass ich mich im ersten Augenblick schockiert abwandte. Ich, der bekennende Trommel- und Rhythmusgegner, der Freund schubertscher Kammermusik und bachscher Kantaten, hatte sich aus unermesslicher Gutmütigkeit verpflichtet, jeden Dienstag und Donnerstag der halbwüchsigen, multikulturellen Problem-Klientel des „Hope" trommelnd den Weg zu Integration und Teilhabe zu weisen. Das Gefühl in meiner Magengrube mulmig zu nennen, wäre eine krasse Untertreibung gewesen. Ich betäubte es, indem ich mir meine andere Seite, die schalk- und eulenspiegelhafte, ins Gedächtnis rief.

Die Sekretärin schob mir bald die Liste mit den Teilnehmern zu, alles halbwüchsige Migranten, wie ich feststellte.

„Wenn die Kids bei einem Kurs angemeldet werden, lassen die Eltern sie eher herkommen. Werden oft streng kontrolliert. Da hat immer einer ein Auge drauf", meinte die Sekretärin.

Unvergessen bleibt mir meine erste Trommelstunde. Ich hatte geschwankt zwischen zwei Taktiken: entweder überfallartiges Lostrommeln, bis den blutigen Anfängern Hören und Sehen verging oder die Verzögerungstaktik. Als ich nun im Kreis der erwartungsvollen Jugendlichen stand, griff ich doch instinktiv zu Variante zwei. Ich sprach über meine Herkunft, meine Kindheit, Kamerun, die afrikanische Musik und 1000 andere Themen, immer mit Blick auf die Uhr, die mir das glückliche Verrinnen der Zeit verhieß. Bald geriet ich in einen kraftvollen Redeschwung und ehe ich es recht merkte, hörte ich mir zu, wie ich begeistert von meinen ersten Trommelerfahrungen und -höhenflügen schwadronierte. Der Kurs folgte meinen Worten und Gesten mit Hingabe. Das ging eine Weile recht gut, doch irgendwann musste getrommelt werden.

Also gab ich die Parole aus: Einstieg mit freiem Trommeln, Erprobung der Instrumente und ungebremste Expression der Emotionen, gern auch lautstark: „Let it out! Let it flow!"

Das ließen sich die Teilnehmer nicht zweimal sagen. Unvermittelt füllten die krachenden, wummernden und hämmernden Klänge den Raum. Ich saß in der Mitte und mimte mit verzücktem Gesicht und eleganten Handkantenschlägen auf meine Trommel den souveränen Könner. Bald fiel alle Befangenheit von mir ab. Im Schutz der allgemeinen Kakophonie konnte mir keiner auf die Schliche kommen. Man sah in mir den, den man sehen wollte und der hinter mir vom Plakat strahlte. Immer befreiter, kühner und intensiver geriet mein Spiel der Hände. Ich wagte den Schluss, gebot mit erhobenem Schlegel das Ende, der Lärm verebbte und in die Stille hinein ließ ich, wie ich es mir vorher zurechtgelegt hatte, noch drei tief empfundene Meister-Schläge erklingen. Dann brach der Beifall los, ich verneigte mich demütig und wünschte „a nice time" bis zum nächsten Termin.

Gefangener meines tolldreisten Streichs, studierte ich in den nächsten Tagen fieberhaft die Trommelanleitung „Drums for Dummies". Die zweite Stunde überstand ich so ganz souverän mit elementaren Schlagübungen, die ich mir intensiv eingeprägt hatte und denen das offenbar allseits beliebte freie Trommeln folgte. Ich schwamm auf einer Woge der Sympathie.

Doch das Verhängnis schritt schnell. Vom ersten Tag an hatte eine untersetzte Türkin von etwa 16 Jahren meine Nähe gesucht und mir schöne Augen gemacht. Sie hatte ein Puppengesicht, war brav gekleidet, wenn auch unverschleiert, und wurde nach Ende der Stunde stets gleich von älteren Frauen abgeholt. Leyla war begeistert bei der Sache, doch trommlerisch noch unbegabter als ich, was sie mir gleich sympathisch machte. Ihre Anhänglichkeit steigerte sich aber bald. Sie rückte mir auf die Pelle und legte es darauf an, dass wir uns im wilden Trommeln berührten. Mein Wegrücken führte lediglich zum noch verzweifelteren Nachziehen Leylas. Zuhause fielen mir Leylas Zettel mit verfänglichen Botschaften aus meinen Jackentaschen.

Schließlich fand ich eines Tages unten in meinem Trommelbehälter gar als süßen Gruß eine zerquetschte Baklava. Das unbekannte Frankfurter Willkommensgirl Laura fiel mir natürlich sofort ein. Wieder wählte man den indirekten Weg zum Manne über kulinarische Leckereien.

Spätestens jetzt hätte ich mir einen Ausweg überlegen sollen, aber ich ließ das Ganze in meiner Ahnungslosigkeit und Naivität weiterlaufen. Nach der nächsten Lektion bat Leyla mich mit beschwörender Stimme, mir ihr Ohr in einer bestimmten, äußerst dringlichen Angelegenheit zu leihen. Nachdem alle anderen gegangen waren, saßen wir also in der Teeküche des abends verwaisten „Hope" und Leyla war selig. Sie schien mich mit ihren Blicken zu verschlingen.

Töricht wartete ich auf die Erörterung der Angelegenheit, doch da sprang plötzlich die Tür auf und drei junge Türken bauten sich vor uns auf. Wütendes Geschrei, schrilles Kreischen und dumpfes Poltern füllten den kleinen Raum. Die Eindringlinge, offenbar Leylas Brüder, trieben das unglückliche Mädchen vor sich her aus dem Raum, warfen mir finstere Blicke zu und verschwanden.

Ich war so schockiert, dass meine fahrlässige Naivität endlich erschüttert wurde und Kants Maxime in mir aufstrahlte: „Habe den Mut, dich deines eigenen Verstandes zu bedienen." Ich erkannte unschwer, dass Leylas Brüder ein aus ihrer Sicht fluchwürdiges Stelldichein gesprengt hatten.

Ernüchtert machte ich mich auf den Heimweg, doch in der Grünanlage am Silcherring stellten sich mir im Dunkeln drei Gestalten entgegen. Die Brüder hatten offenbar noch das Bedürfnis nach weiterer Aussprache. Ich vernahm Wörter wie „Kartoffel", „Fresse", „Schlampe", „Eier", „Mutter" und „Messer". Schwer zu sagen, in welchem inneren Zusammenhang diese Begriffe standen. Doch Semantik war nicht die entscheidende Ebene der folgenden Kommunikation. Kurzum: Es gelang mir nicht, die Leyla-Wächter in Faustkampf, Freistilringen und Kickboxen zu bezwingen.

Dann lag ich neben dem Gebüsch, bis ein hilfsbereiter Passant mir ein Mobiltelefon hinhielt und ich mit der Berliner Polizei verbunden wurde. Ich krächzte irgendetwas in das Gerät.

„Sind Sie noch in Gefahr? Sind Täter in der Nähe?",

meinte eine geschäftsmäßig klingende Stimme.

„Ne, sind ... weg."

„Gut. Dann kommen Sie morgen aufs Revier, dann füllen wir das Formular aus."

„Bitte gleich kommen!"

„Schwierig." Die Stimme klang nun durchaus mitfühlend. „Personalmangel. Alles im Einsatz. Tut mir wirklich leid. Haben Sie jemand bei sich? Ja? Bis morgen!"

Der Passant schüttelte entgeistert den Kopf. Dann kann ich mich an nichts mehr erinnern.

Als ich tief in der Nacht später im „Herz-Jesu-Klinikum" erwachte, hätte ich jubeln können: Trotz höllischer Schmerzen zählte ich meine Gliedmaßen nach und stellte fest, dass keines fehlte.

Drei Wochen später hatte man mich so weit zusammengeflickt, dass ich einen ersten Besuch im „Hope" wagen konnte. Ich wollte eigentlich nur einmal kurz vorbeischauen, doch kaum saß ich mit einem netten Mitarbeiter in der Cafeteria, erschien ein kräftiger älterer Türke mit Anzug und Krawatte auf der Bildfläche, stellte sich als Herr Kilic, Leylas Vater, vor und forderte mich zu einem Gespräch unter vier Augen in seinen alten Mercedes.

Um jeden Streit zu vermeiden, folgte ich ihm. Er kam gleich zur Sache: Ich hätte Leyla entehrt und damit die Familienehre beschmutzt. Er habe Erkundigungen über mich eingezogen und dabei auch erfahren, dass ich Muslim sei.

Dies verändere die Lage natürlich vollständig. Er wolle die Sache mit Leyla und mir einem Friedensrichter in Schöneberg vorlegen. Seinen Söhnen habe er Bescheid gestoßen, dass unter Muslimen solche Dinge anders geregelt würden. Er könne solchen Exzessen wie im Silcherring in meinem Fall überhaupt nichts abgewinnen. Über solche rein emotionalen Ausbrüche sei man unter Rechtgläubigen eigentlich längst hinweg, das habe man heute in Deutschland gar nicht mehr nötig. Wenn ich Anzeige erstatte, müsste ich mich auf Gegenmaßnahmen seiner Großfamilie einstellen. Sie habe Beziehungen in alle Richtungen, einschließlich Bezirksregierung, Ausländeramt und Kirchenleuten.

Um Zeit zu gewinnen, nickte ich zustimmend. Noch spürte ich die Schmerzen am Hinterkopf, an den Ellbogen und Knien.

Schon am nächsten Tag holte mich Vater Kilic ab und fuhr mich in eine Reihenhaussiedlung in Schöneberg, wo offenbar der Friedensrichter amtierte. Wir standen vor der Haustür und ich las „Mehmet Karagöz" neben dem Klingelknopf. Eine ältere Berlinerin goß ihre Geranien am Balkon schräg oben und musterte uns neugierig.

Kurz darauf saß ich zusammen mit Herrn Kilic, Leyla und einem ihrer Brüder dem Friedensrichter gegenüber. Wenn niemand hinsah, warf mir Leyla schmachtende Blicke zu. Der Richter saß auf einem ausladenden Sofa unter einer Fotografie der Istanbuler Bosporusbrücke, steckte beiläufig Kilics Geldscheine weg, rief den Allmächtigen an und ließ sich dann die Geschehnisse erläutern. Ich staunte, wie unkompliziert und zielgerichtet dieses Verfahren ablief, verglichen mit dem, was man über die umständlichen deutschen Gerichte zu hören bekam.

Nach einer halben Stunde erhob sich Mehmet Karagöz, rief erneut Allah zur Hilfe, berief sich auf die Scharia, das heilige Gesetz der Rechtgläubigen, und sprach Recht. Ich hätte Leyla entehrt. Diese Sünde sei durch die Heirat mit dem Opfer meiner Übergriffe zu sühnen.

Mir sauste es in den Ohren. Es gab offenbar nichts, was mir bei meinem Deutschlandabenteuer erspart blieb. Den Rest gab mir aber der umflorte Blick, den mir Leyla zuwarf, bevor sie schamhaft das Kopftuch zurechtzupfte und den Kopf scheinbar ergeben wie ein Lamm senkte. Ihre grell geschminkten Lippen leuchteten blutrot.

Nun, jetzt war Kreativität gefragt. Ich dankte für Herrn Karagöz' Bemühungen, lobte den Ernst seines Spruchs und versprach, mit mir zu Rate zu gehen, bis ich, inschallah, in drei Tagen Antwort geben könne. So endete die Gerichtssitzung in Schöneberg. Beim Verlassen des Hauses winkte die Rentnerin lächelnd vom Balkon.

Am nächsten Tag rief mich Leyla an. Wir verabredeten ein geheimes Treffen im Park der Christusgemeinde. Leyla hing sich an mich. Mit ihren dicken Fingerchen zupfte sie aufgeregt an mir herum. So aufgekratzt hatte ich sie noch nie erlebt. Vorsichtig versuchte ich zu klären, wie ernst es ihr mit der Vorfreude auf die Heirat sei. Verblüfft war ich dann allerdings, als sie mir einen verrückten Plan enthüllte.

„Calvi, kennst du ‚Love in Chains'? Nein?! Gibbet nich. Pass auf. Da machen wir mit. Dat is Romantik pur."

Ich verstand kein Wort und ließ Leyla erklären. Mein

Verstand sträubte sich mindestens volle zehn Minuten, die emotionalen Strudel zu begreifen, die wenige Zentimeter hinter dem erhitzten Puppengesicht kreisten. Es ging um eine RTL-Show in jeweils 60 Minuten, in der Pärchen von ihren Eltern zusammengezwungen wurden, Raketenstufe 1 sozusagen: Gewalt, Hass, Verzweiflung und irres Leid. Dann aber zündete immer donnerstags nachmittags Stufe 2: Aus Hass wurde Liebe, innig, feurig und endlos.

„Calvi, ich hab uns schon angemeldet! Det is doch unser Ding?!"

„Ja, aber deine Familie?"

„Manno, ik krieg gleich n Föhn! Die ganze Heiratsschose is doch gefakt. Versteh doch, mir steht die ganze Sippe bis Oberkante Unterlippe. Daddy mit seinem Superego im klapprigen Schrott-Mercedes. Mom am Kaffeetisch mit den tratschenden, goldbehängten Tanten. Meine Bros, mal im Fitnessclub, mal im Jobcenter Hartz-4 abgreifend. Ich will da raus. Dazu brauch ich dich. Und die 50000 € von RTL. Dann geh ich nach Hamburg. Oder Izmir. Dann bist du mich los, auf Ehre!"

Ich war platt. Dass die sozialen Erosionserscheinungen auch vor dem muslimischen Milieu nicht haltmachten, war mir neu. Leyla entpuppte sich als durchtriebenes Lüderchen ohne Skrupel.

Eine Stunde später hatte ich jeden Widerstand aufgegeben. Die Alternative, eine weitere Silcherring-Runde, erschien mir noch problematischer als die Scharade fürs Fernsehen. Denn Leyla erpresste mich am Ende ganz offen und schamlos. Sie genoss das Gefühl, im Zentrum des Orkans zu sitzen und die Strippen zu ziehen.

Und so traten wir eine Woche später in einem Neben-
raum der Sultan-Mehmet-Eroberer-Moschee vor den
Imam Erlogan und wurden mit Allahs Beistand zu
Mann und Frau erklärt, während Richter Karagöz und
Herr Kilic zufrieden lächelten. Zeugen waren der
Moscheefleischer Volkan Öztürk und Karagöz per-
sönlich.
Das war dann auch der erste Schritt zur RTL-Show.
Schon eine Woche später rief mich Leyla triumphie-
rend an: Wir waren ausgewählt worden.

Was folgte, war Schwerarbeit. Wir mussten mit einem
Kamerateam zusammen die „schrecklichen Stationen
unseres Martyriums", also die Stufe 1, nachstellen.
Tagelang dreht man. Leyla krümmte sich meisterlich
unter den imitierten Fausthieben finster blickender
TV-Araber, die hier als Eineurojobber zu Werke gingen. Ich brachte es nach endlosen Fehlversuche endlich zuwege, einsam am abendlichen Landwehrkanal
mit energisch gerecktem Kinn zu stehen und wild in
den düsteren Tiergarten zu starren.
Dann wieder saß Leyla seufzend am Fußboden eines
improvisierten rosaroten Jugendzimmer und ritzte
sich in Zeitlupe die Unterarme auf, während im Hintergrund die Erkennungsmeldodie von „Love in
Chains" dudelte.
Dazwischen wurden gleich die Szenen der Stufe zwei
abgedreht: Ich als Schiffschaukelbeschleuniger auf
dem Rummelplatz, Leyla anschiebend, dann vier ver-
knäulte nackte Beine auf einer Decke im Tiergarten
und, nach mindestens 20 Klappen, ein ultimativer

Langzeitkuss im Gegenlicht an der East-Side-Gallery mit der Botschaft: Liebe ist stärker als Beton. Wenn die Kamera wegsah, grinste mich eine quietschvergnügte Leyla geradezu diabolisch an. Sie genoss jede Sekunde.

Nach drei Drehtagen war ich geschafft wie noch nie in meinem Leben. Ich konnte nicht mehr, mir war alles egal.

Den Rest gab mir Ruben Klapp. Klapp war umwerfend charmant, endlos eloquent und umtriebig wie ein Brummkreisel. Als Freund eines der Ko-Darsteller hatte er die Drehorte täglich besucht und sich bald als Aktivist einer Prenzlauer Schwulengruppe geoutet. Sein Anliegen, das er zäh verfolgte, war es, das Problem der Mehrfachdiskriminierung endlich in die geneigte Öffentlichkeit zu lancieren. „Opfer gibbet ja viele. Aber Multiopfer – das sind die Hebel, um der tumben Masse ihre ganzen Komplexe um die Ohren zu schlagen. Synergie-Effekt so zu sagen!"

Wir saßen allein bei Latte macchiato und Ruben rückte näher. „Mensch, Calvin, ist echt stark, wie du den ganzen Rassismus hier wegsteckst. Aber mal ganz ehrlich, du kannst mich steinigen: Ich seh doch beim Dreh, dass du nicht wirklich auf diese Leyla abfährst."

Verhängnisvollerweise nickte ich. Klapp rückte noch näher und zwinkerte mir zu: „Calvin, ich glaub, ich versteh dein Problem. Diese ganzen Weiber nerven einen smarten Jungen wie dich. Ich weiß doch, was Homophobie in Afrika bedeutet, das brauchst du mir nicht zu sagen. Ich schlag vor, dass du mal bei unserer Schwulengruppe vorbeikommst und wir schauen, wie wir dir helfen können. Hier ist meine Nummer."

Das war zu viel für meine strapazierten Nerven. Ich nutzte eine Drehpause, entkam zum Bahnhof Friedrichstraße, löste in Panik eine Fahrkarte Richtung Süddeutschland und kippte in Eile mehrere Schwarzwälder Kirschschnäpse, um das schlechte Gewissen wegen meiner Flucht vor den herzensguten Menschen um Frau Pastorin zu betäuben.

LETZTES ABENTEUER:
RINGEN IN ROTHENBURG

Dank der Schwarzwälder Spezialität wiegte mich die
Deutsche Bahn noch sanfter als sonst, das Polster um-
fing mich noch weicher und die Mitreisenden lächelten mir noch freundlicher zu, als ich, der Kameruner,
es ohnehin gewohnt war. Hinter Kassel lichteten sich
die Nebel so weit, dass ich einen Blick in den auslie-
genden Prospekt werfen konnte. Orte deutscher Romantik lockten mit Sonderpreisen und Schnäppchen-
Tickets, doch wirklich zündete nur die letzte Seite:
Rothenburg ob der Tauber. Natürlich hatte ich von
diesem fränkischen Städtchen gehört, hatte vom mit-
telalerlichen Stadtbild und von Tilman Riemenschnei-
der gelesen. Genau in diesem Moment brummte mein
Mobilfon und, welch Schreck, eine bekannte, energi-
sche Stimme füllte mein Ohr mit leicht schwäbi-
schem Klang: „Calvin, endlich. Bitte nicht auflegen.
Lauf nicht vor dir selber davon. Du brauchst mich.
Ich bin für dich da ..."
Eine weitere Folge von Kurzsätzen gingen wie
Schwerthiebe auf mich nieder und demütig schwieg
ich, lauschte und hoffte auf ein Ende, das aber nicht
kam. Erst ein Tunnel erlöste mich, die Verbindung
war weg. Claudia Pöring hatte es also wieder einmal
geschafft, zu mir durchzudringen, obwohl ich doch in
Berlin meine Nummer gewechselt hatte.
Ich war nun soweit ernüchtert, um blitzartig zu erken-

nen, dass Claudias Netzwerke immer noch auf Hochtouren arbeiteten, um das verlorene Opfer wieder auf den rechten Pfad zu bringen. Zufällig fiel mein Blick erneut auf die Rothenburger Kleinstadtsilhouette im Faltblatt. Da wurde mir klar: Das war es! Ich musste mich abseits der Großstädte und ihrer florierenden Einwanderungsbranche tief in der Provinz verstecken, jedenfalls vorerst. Dann würde man weiter sehen.

Und so stieg ich kurz entschlossen in Würzburg aus dem IC aus, hechtete in den gerade abfahrenden Regionalzug und arbeitete mich in gemächlichem Tempo immer tiefer ins Hinterland vor.
Hinter Ochsenfurt bemerkte ich, wie ein etwa vierjähriges Mädchen, das mit seiner Mutter mir gegenüber saß, meine Hände und mein Gesicht ganz ungeniert betrachtete:
„Bist von Tuckelhausn?" Amüsiert verneinte ich.
„Von Zeubelried?" - „Wolfsschlag?" Wieder schüttelte ich den Kopf.
„Drum!", kam es von dem Kind.
Die Mutter zischte es böse an: „Red nicht so dumm daher!" Deutschland 2015.
Über Marktbreit, Steinach und Schweinsdorf erreichte ich endlich das entlegene Städtchen, das mich, wie ich hoffte, den erbarmungslosen Augen Claudias und ihrer Häscher entziehen sollte.

Einen Rothenburger fragte ich am Bahnhof in Erinnerung an Frau Pastorin nach einem Pfarramt. Wieder einmal standen die Sterne der Vorsehung günstig. Oder war es mein Kameruner Charme, mit dem ich die ältere Pfarrsekretärin umstrickte? Jedenfalls ließ sie ihren Blick voll Wohlgefallen über den beflissenen „Tübinger Werkstudenten" gleiten, der bei einer Berliner Gemeinde gearbeitet hatte und nun in Bayern fernab des Lärms und der Zerstreuungen der Großstadt innere Sammlung in fleißiger Arbeit suchte, wie ich ihr treuherzig auseinandergesetzt hatte. Sie lächelte mich aufmunternd an: „Kopf hoch, junger Mann. Mein Bruder hätt' da vielleicht was."

Drei Tage später fand ich mich als Aushilfe bei dem wortkargen, brummigen, aber grundgütigen Violinbauer Kilian Wackenroder wieder, hauste in einem primitiven Anbau an seine Werkstätte in der Heilig-Geist-Gasse und war in den improvisierten Haushalt des Witwers so gut wie aufgenommen. Ich wiegte mich in der Vorstellung, meine Spuren gründlich verwischt zu haben.

Meine schönste Zeit in Deutschland begann. Wir waren beide Frühaufsteher und Herr Wackenroder nahm mich gelegentlich auf seine Frühsportrunde entlang der Stadtmauer im ersten Licht des jungen Tages mit, wenn die Morgenröte mit Rosenfingern erwachte. Ließ ich aus Versehen den Begriff „Jogging" fallen, erntete ich einen ironischen Blick aus seinen dunklen, trotz seines vorgerückten Alters immer noch blitzenden Augen über den ledrigen, faltigen Wangen. Die Geräusche der sich gemächlich rührenden Stadt, kleine Bäckereien, aus denen das frisch gebackene Brot duftete, Straßennamen mit poetischem Klang wie Pfaffengässchen, Hofbronnengasse oder Klingenschütt, über uns die blanken Turmhelme der Kirchen,

162

der Glanz der Sonnenstrahlen auf dem gefegten Kopfsteinpflaster, der Blick hinaus ins weite, in der fernen Bläue verschwimmende Land – der bunte Werbeprospekt der Marketingabteilung verblasste vor diesen Wonnen des Alltags.

Bald nahm uns die Wackenrodersche Werkstatt auf, klein, penibel aufgeräumt, mit Holzdielen und jahrhundertealten Holzbalken an der Decke. Es roch nach Harzen, Ölen und Lacken. Man konnte die Standuhr im Nebenraum ticken hören, wenn der Meister sich zu Beginn die schmalen Hände wusch und schweigend zu Werke ging. Während er prüfend über die Maserung eines Holzstücks strich und dann das scharfe Eisen ansetzte, um die Schnecke einer Geige zu schnitzen, durfte ich nach genauer Vorgabe Lasuren mischen, Hölzer im Groben vorschneiden oder Werkzeuge säubern. Denn nach einigen Tagen hatte ich anscheinend die Wackenrodersche Prüfung bestanden und durfte niedere Tätigkeiten ausführen. Manchmal klangen Tonfolgen aus dem Nebenraum, wenn Wackenroder seine neuen Instrumente, seine Kinder, zum Klingen brachte, mit vollem, warmem Ton, oder in schnellem, atemlosem Lauf bis in höchste Höhen.

„Ewigklar und spiegelrein und eben, fließt das zephyrleichte Leben, im Olymp den Seligen dahin" - mich schaudert, wenn ich mir heute vergegenwärtige, in welch romantisch-idealistischen Kokon ich mich in jenen glücklichen Tagen eingehüllt hatte, wie ich aufatmete, Abstand gewann zu hektischen Wochen und entnervenden Erlebnissen, während doch dort draußen die Nornen ihren Faden spannen.

Wir kamen gerade abends von einem Konzert in St. Jakob zurück, wo Bach und Telemann mich verzaubert hatten, als sich ein vergnügter Ruben Klapp am Mobilfon meldete. Feixend witzelte er dahin, steuerte aber bald auf sein immerwährendes Anliegen los.

„Calvin, das Angebot steht. Eigentlich kannst du dich da nicht verweigern, das bist du deiner Community schuldig." Ich fürchtete eine Eskalation und hielt ihn verzweifelt mit wolkigen Worten hin.

Schon am nächsten Tag rief er wieder an, drängender und fast schon erpresserisch: „Nochmal. Ein einziges Interview als Multiopfer, mehr nicht. Der Berliner Senat unterstützt das jetzt auch. Auch nen EU-Fördertopf könnten wir angraben, da geht einiges. Wäre schon echt schofel, wenn du als coloured people ..."

Im Nebenraum spielte Wackenroder ein Scarlatti-Motiv. Ich bedauerte Klapp, aber ich konnte nicht mehr und beendete das Gespräch ohne Abschied. Aber ob er sich so abschütteln ließ?

Endgültig bekam mein reichsstädtisches Idyll Risse, als sich auch Frau Pastorin immer drängender per E-Mail meldete. Unter völligem Verzicht auf Bibelanspielungen, wofür ich ihr dankbar war, und durchaus einfühlsam gelang es ihr, meine ohnehin auf der Lauer liegenden Schuldgefühle wegen meines wenig eleganten Abschieds zu nähren. Sie plauderte vom Krimskrams des Gemeindelebens, berichtete vom immer erfolgreicheren multikulturellen Dialog mit Imam Erlogan, ließ geschickt die eine oder andere Andeutung über die schönen Wochen in Berlin einfließen und erbot sich, mit Rat und Tat bereitzustehen, falls ich ihrer bedürfte. Natürlich musste ich ein wenig von mir erzählen, wollte nicht schlankweg lügen und erwähnte so einmal auch das Programm des letzten Konzerts in St. Johann. Ich ahnte nicht, dass damit eine Schlinge sich zuzuziehen begann, die den Schlussakt meines Deutschlandabenteuers markierte. Jedenfalls war meine Ruhe dahin. Ich grübelte immer öfter über die Geschehnisse der letzten Monate.

Am Tag vor der auf den folgenden Seiten zu beschreibenden Katastrophe schien mir meine Einbildung einen Streich zu spielen, als ich bei einem Spaziergang in der Abenddämmerung in einer Seitengasse Claudia Pöring zu sehen glaubte. War sie mir auf den Spuren?

Vorerst aber las ich die netten E-Mails aus Berlin, die an meiner wunden Stelle arbeiteten. Es war wie ein sanftes Bohren, wenn ich mir diesen Oxymoron an dieser Stelle erlaube.

Doch diesem Schongang folgte unvermittelt der Presslufthammer. Drei höchst unterschiedliche, aber gleichermaßen elementare Mächte schienen sich verschworen zu haben, um mich herum ihre Chaoskräfte mit- und gegeneinander toben zu lassen. Was waren dagegen der überspannte Klapp und die gutmenschlich-milde Frau Pastorin?

Es schlug von der Stadtkirche soeben 12 Uhr. Meister Wackenroder war gerade unterwegs, als mein Blick aus dem Werkstattfenster fiel und ich im Schatten der Fachwerkwand des Nebenhauses eine kleine Menschengruppe stehen sah. Das war nicht die ewig verzweifelt fegende Nachbarin Theresia Nördlinger, auch nicht der gemütliche Briefträger Zapf. Da stand Leyla, immerhin meine Ehefrau, zusammen mit ihrer streng verschleierten Schwester, einem älteren breitschultrigen Schnauzbartträger sowie einem jungen, modisch gestylten und sportlich wirkenden Mann!

Mir schwindelte. Mein Tusculum war enttarnt, die Taubertal-Fluchtburg lag in Trümmern. Mit des Schicksals Mächten war also doch kein ewiger Bund zu flechten, Schiller behielt einmal mehr Recht. Oder um es mit Dürrenmatt zu sagen: Eine Geschichte erreicht ihr Ende erst, wenn sie ihre schlimmstmögliche Wendung genommen hat. Und das würde sie, das war mir blitzartig klar.

Ich erwartete den Ansturm des anatolisch-neuköllnischen Stoßtrupps, wappnete mich gegen Geschrei und fliegende Fäuste, doch staunte ich nicht schlecht, als Leyla alleine zur Tür hereinschlüpfte, mich vom Fenster wegzog, ihre pummeligen Ärmchen um mich schlang und mein Gesicht mit schmachtenden Küssen bedeckte.

„Calvin, Sweeeeeetheart, Manno, da bin ich."

Ich grinste wohl reichlich gequält. Mein Kopf arbeitete auf Hochtouren, doch sozusagen im Leerlauf.

„Mensch Alta, wat machste denn hier in diesem Kaff? Und in dieser Schrottbude?"

Immerhin erkannte ich sofort, dass ich Leyla keinen Begriff von den Freuden der provinziellen Violinbauerei bei Meister Wackenroder vermitteln konnte.

„Woher weißt du ...?"

„... dass du in Rothenburg bist?" Sie kicherte.

„Die Sanftleben-Seelband wusste das. Irgendwie wegen Konzertprogramm in einer Kirche oder wat, die sie kannte, bla bla. Is clever, die Frau. Über unseren Imam haben wir es dann rausgekriegt. Und jetzt bin ich da."

Leyla wechselte nun urplötzlich den Ton. Alles Neckische war wie weggeblasen.

„Und jetzt pass mal auf, Calvin. Keine Spielchen mehr. Jetzt bin ich am Zieher. Du kommst mit. Die RTL2-Kiste machen wir. Wenn du Zicken machst: Draußen steht Mustafa, geschickt von Karagöz. Und Kenan, ein Cousin aus Würzburg. Is Faustkampfmeister von Niederfranken. Und Kübra hat lange Fingernägel. Wenn du nicht mitspielst, erzähl ich denen, dass du Sauereien mit mir machst."

„Sau- Sauereien?!"

„Frag nich so verpeilt. Du weißt, was ich meine, ne?! Und was die dann machen." Das stimmte aufs Wort. Meine Fantasie reichte durchaus so weit.

„Die da draußen wissen nichts von RTL2, klaro. Denen geht's um Scharia, Ehre und son Kram. Genau wie meinem Dad und der ganzen Familie. Passt aber alles ganz gut zusammen, nich? Erst wollten die alle kommen. Aber wozu haben wir unsere Würzburger Verwandten? " Sie feixte. Da war sie wieder, die aufgekratzte Göre.

Bevor ich irgend etwas antworten konnte, zündete die letzte Rakete des irrsinnigen Feuerwerks im sonst so beschaulichen Rothenburg. Die Tür knallte auf und Claudia Pöring hatte ihren Überraschungsauftritt!

Mir schwindelte einmal mehr angesichts einer Welt, die sich ins Unwirkliche entstellte und ihre ganze Gebrechlichkeit zeigte. Selbst meine abgebrühte Ehefrau war perplex.

„Ja, da schau her! Des schamlose Mensch! So ein Hure-Frichtle! Calvin, her zu mir. Du bisch befreit!" Mit raschem Zugriff verschloss Claudia die Tür und sperrte so die türkische Hilfstruppe vom weiteren Geschehen vorerst aus. Dann stürzte sie sich entschlossen auf Leyla.

Sie hatte, wie ich später erfuhr, ebenfalls über die Christusgemeinde, die in der Migrationsszene gut vernetzt war, meinen Aufenthaltsort genannt bekommen, hatte sich schon am Vortag im Städtchen umgetan, wo ich sie in der Dämmerung fast erkannt hätte, und war nun durch das rückwärtige Fenster Zeuge des Stelldicheins zwischen Leyla und mir geworden, bis ihr Blutdruck rebellierte.

Nunmehr war ein Kampf der Erinnyen in geradezu altgriechischen Dimensionen entfesselt. Augen blitzten, Arme und Beine wirbelten, aufgelöste Haare flatterten wie Schlangen, Füße stampften, Knochen knirschten. Heisere Schreie sowie schwäbische bzw. türkische Verwünschungen und Flüche entweihten den Ort der bildungsbürgerlichen Ordnung und des ausgewogenen Maßes. Tobend brach so der barbarische Rhythmus einer aus den Fugen geratenen Zeit in einen geradezu heiligen Ort ein.

Inzwischen sammelte sich vor dem Haus eine wachsende Zahl von Augenzeugen, die wohl von alarmierten Nachbarn aus dem nahen Rathaus und dem noch näher gelegenen Gemeindehaus der Lutherkirche herbeigeholt worden waren. Ich öffnete schnell die Tür und ließ die Menge herein, an ihrer Spitze Kilian Wackenroder.

In diesem Augenblick fiel Leyla mit zerrissenen Kleidern wie vom Schlag gerührt zu Boden und erhob ihre Stimme zu einem durchdringenden, lange anhaltenden Klageschrei. Alles erbebte und rang um Fassung. Claudia stand keuchend daneben, ein Haarbü-

schel aus dem Schopf ihrer Gegnerin in der Rechten.
Leyla wälzte sich am Boden und schrie: „Bluuut -
Bluuut – man tötet mich – Messer – Hilfeee!"
Ein Zittern lief über ihren Körper, sie zuckte in
Krämpfen. Langsam begann mein Verstand wieder zu
arbeiten. Ich konnte mir nicht vorstellen, dass Leyla
so verletzt war, wie es den Anschein hatte. Ich traute
ihr durchaus eine eiskalte Schauspielerei zu. Und tatsächlich fing ich unter dem wirren Haar Leylas einen
lauernden Blick auf, der nun ganz und gar nicht zu
den Schreien passte.
Doch Leylas Anhang fiel nun klagend und scheltend
in Leylas Schrei ein: „Wo is Respekt? Hilft denn keiner?" Kübra schoss vor, krallte ihre Fingernägel in
Claudias Oberteil und bellte sie an: „Rassist!"
Das war offenbar das Stichwort für die Anwesenden.
Endlich schien klar geworden, was hier gespielt wurde: der immerwährende Kampf um das Vierte Reich.
Mit feindseligen Blicken umringte man Claudia und
packte sie: „Schämst dich nicht?" – „Hände weg von
unseren Mitbürgern!" – „Refugees welcome!" – „So
ein dumpfer Hass!" – „Mistpritschn!" – „Rechtes
Flintenweib!" – „Nazi-Brunzgundel!"
Claudia versuchte nicht mehr, sich den Griffen der
Nazijäger zu entwinden, fiel auf die Knie, atmete
schwer und wirkte wie betäubt. Fast hatte ich Mitleid
mit ihr. Herr Wackenroder hielt sich beiseite, stand an
der Wand und schüttelte nur ungläubig den Kopf.

Da kam meine Stunde. Ein heiliger Zorn, ein, wie mir
heute erscheint, geradezu lutherischer Furor ergriff
mich, und ohne viel nachzudenken donnerte ich die
Meute an. Kam die Kraft aus mir, waren es gute Geis-

ter, die mich beseelten und mir Stärke gaben, ich weiß es auch heute nicht. Entschlossen warf ich mich in den Tumult, teilte die verblüffte Menge und stellte mich schützend vor Claudia, dieses arme Menschenkind, das doch wirklich kein Bösewicht war. Es brauchte gar nicht mehr des ruhigen, zustimmenden Blicks von Wackenroder. Ich war in den Wirren der letzten Monate endlich erwachsen geworden.

„Schluss jetzt! Ihr seid Narren und jämmerliche Toren!" So hub ich an, predigte voll Inbrunst im Crescendo weiter und endete leise: „Öffnet die Augen!"

Ich ließ meinen Blick von einem zum anderen wandern. Sie hielten inne, schauten mich zweifelnd an.

„Und habt den Mut, aufrecht zu gehen." Gut, ich gebe es zu, ein wenig origineller, aber doch immerhin passabler Schlussakkord.

Da kam Wackenroder an meine Seite: „Und jetzt geht nach Hause und denkt über das nach, was dieser junge Mann aus Afrika euch gesagt hat."

Der Raum leerte sich, schweigend und beschämt gingen sie. Zuletzt schob ich die Türken aus dem Zimmer, die eine wundersam wiederbelebte Leyla mit sich führten. Leyla starrte mich wütend an.

Diese ganze Szene wirkt in ihrer opernhaften Dramaturgie auch auf mich nach all den Jahren unwirklich, aber sie hat sich genau so abgespielt.

Den folgenden hochemotionalen Abschied von Claudia möchte ich dagegen nur kurz resümieren: Am Abend hatte sie sich etwas erholt, körperlich und auch seelisch. Sie wirkte tief getroffen. Wir sprachen uns aus. Am Ende zeigte sie, was für ein prächtiger

Mensch sie war. Unter einem Strom von Tränen drückte sie mir die Hand zum Abschied und wünschte mir alles Gute in meinem weiteren Leben.

Ihre guten Wünsche begleiteten mich, als ich mein Deutschlandabenteuer fürs erste beendete und abflog.

Seither sind zwölf Jahre vergangen. Dieses herrliche, so reich begabte und oft so verwirrte Land war und ist mir trotz und gerade wegen der turbulenten und bizarren Erlebnisse noch mehr ans Herz gewachsen.

Natürlich schließe ich nicht aus, dass meine Erfahrungen außergewöhnlich und einseitig waren. Vielleicht gab es selbst in jenem extremen Jahr 2015 irgendwo Migrationshelfer, Antifagruppen, Asylheime und Kirchengemeinden ohne all diese merkwürdigen Begleiterscheinungen, wie ich sie erleben musste. Vielleicht …

Die Merkelzeit ist jedenfalls Geschichte, genauso wie der Bahnhofsjubel, die Willkommenshallen und das „RespectNow!". Imam Erlogan wurde in die Türkei zurückbeordert, der Berliner Migrationsmanager Kuleike als nicht mehr tragbar geschasst. Mehmet Karagöz verdient sein Geld nicht mehr als Scharia-Richter, sondern als Versicherungsmakler.

Heute bin ich Deutschlehrer in meinem geliebten Limbe, der Stadt, die meine Heimat war und ist, lebe mit meiner lieben Frau Sandrine und unseren drei Kindern und fahre einmal im Jahr für einige Wochen nach Deutschland.

Warum ich von Deutschland trotz all der Toren, die ich damals erlebt hatte, nicht loskomme?

Zunächst einmal: Weil dort so bemerkenswerte Menschen lebten und leben wie Frau Hagedorn, Veronika,

Jonathan, Manni, Sigrid, Elias, Alexander von der Tafel, der Spiekerooger Hausmeister, Kilian Wackenroder und, ja, auch Claudia Pöring. Und hinter ihnen Luther, Heine, Käthe Kollwitz, Tucholsky, Robert Bosch und Sophie Scholl.

Und weil es nur dort so schöne Wörter gibt wie Tüftler und Bossler, Wanderlust und Blauer Reiter, Techtelmechtel und Nackedei, Geborgenheit und Fernweh.

AUS DLELES ARCHIV

Einige der bizarrsten Zeitungsmeldungen aus der Zeit des Willkommenskults bewahrte Dlele sorgfältig auf. Immer wieder einmal liest er kopfschüttelnd darin.

Vorbemerkung

Vergewaltigungserlebende: „Opfer sollen nicht mehr Opfer heißen", Emma, 21.2.2017

4   Im antifaschistischen Kampf

Demosprüche: http://red-front.de.tl/Demospr.ue.che.htm
Köterrasse: „Staatsanwältin erklärt: Darum darf man Deutsche als ‚Köter-Rasse' beschimpfen", Hamburger Morgenpost, 1.3.2017

6   Ein Kessel Buntes

Leerstehende Heime mit Flüchtlingsmangel: „Heide in Holstein bekommt keine Flüchtlinge", Welt, 2.2.2016
Homosexuelle in Asylheimen: „Schwule werden wie Sklaven gehalten", NTV, 18.6.2016
Schleppermafia: „Via ‚Asyl-Reisebüro' nach Deutschland", Mittelbayrische Nachrichten, 22.9.2014
Buspendelfahrten: „Flüchtlinge nutzen Pendeltrick zur Abzocke", Schwäbische Zeitung, 16.2.2017
Verfolgter Marokkaner über seine Landsleute: „Viele kommen nur zum Stehlen in die Schweiz", Blick, 19.5.2013
Awarenessteams und Parole „Luisa": „Wie Klubs jetzt gegen Grabscher vorgehen", Welt, 3.2.2017

7   Berlin – voll das Leben

Zakeras Kunstprojekt: „365 Tage Sex mit 365 Partnern", TAZ, 3.9.2014
Asylbewerber Charles: „Wie O. L. das System Schweiz ausnutzte", Tagesanzeiger, 14.4.2011

Christen im Heim: „Christenhass in Asylheimen – und das Wachpersonal sieht weg", Welt, 25.5.2016

Ehe in Afghanistan: „Liebe, was ist das?", Stern, 12.8.2009

Kulturunterricht: „Deutschland-Kurs für syrische Flüchtlinge: Schwulsein verboten, Nazis erlaubt?", Spiegel, 15.2.2014

Übergriffe und Linke: „Lieber schweigen als Migranten in Verruf bringen?", Welt, 3.7.2016

Shahadis Worte: „Werden Wien kulturell erobern", ehem. türkischer Minister Ismail Müftüoglu, Wiener Zeitung, 7.1.2011; „Radikaler Imam fordert die Scharia für Belgien", WAZ 25.5.2010; „Europa wird ein islamischer Staat werden", Predigt von Ali Abu Al-Hasan, Al-Hekma TV, Ägypten, 5.1.2012 (https://www.youtube.com/watch?v=StWMbs3jQkk)

9   Mahlstrom

Besetztes Heim: „Tödliche Politik in Kreuzberg", Berliner Zeitung, 28.4.2014

11   Im Schutz der Kirche

Sultan-Mehmet-Eroberer-Moschee: Wikipedia listet 51 Mehmet-Eroberer-Moscheen (Mehmet-Fatih-Moscheen) in Deutschland auf, benannt nach dem Sieger über das christliche Konstantinopel, Sultan Mehmet II. dem Eroberer.

12   „Love in Chains"

Clans und Paralleljustiz: Joachim Wagner, Richter ohne Gesetz. Islamische Paralleljustiz gefährdet unseren Rechtsstaat, Berlin 2011

„Familien-Clans in Deutschland: ‚Ich weiß, wo deine Schwester wohnt'", FAZ, 5.4.2014

„Klima der Angst: Neue Studie zeigt Macht Berliner Großfamilien und Clans", Focus, 10.12.2015